舫う

金 勝男
Kim Katsuo

澪標

紡う——在日二世を生きて　＊目次

舫（もや）う――昔日は懐かしく今では良き思い出に

ルーツ探しと日本一周の旅

装幀　森本良成

舫(もや)う――昔日は懐かしく今では良き思い出に

半　月

一九六〇年（昭和三十五年）六月午後七時過ぎ、ハンメ（祖母）、妹と四人の弟達はもう眠りについている。カンテラの油がもったいないので晩ごはんも済んで陽が落ちるといつもすぐ寝床に入ります。

父ちゃんは、田植えの時期になると一日中ゴム長靴を履き田んぼ仕事、寝る前にはいつも夜更けまでカンテラを足のすぐ傍に置き小さな灯りの中で、痛くてかゆい両足の水虫に悩まされ、指や足裏の水ぶくれの皮を手でむきハサミで切ったところはポコッと穴があいていました。

父ちゃんはひとり言で水虫と喧嘩、死んだら一緒に燃やすとつぶやき、母ちゃんもこの時期疲れがたまると持病の胆石で胃が差し込み、背中丸めて歯を食いしばり呻きながらじっと耐えていました。

　中学三年の時、苦しんでいる母ちゃんを見ていたらいたたまれず、気が付いたらいつもの通学路を走っていました。

　その夜は半月が雲間に見え隠れ、ダム湖から反射した光でほんのり明るい道は、ほっとしましたが山影や木のトンネルの道は暗く走れば走るほど、ゴム草履の音だけがペタペタと大きく聞こえた時は、思わず身震いして後ろを振り向きました。

　峠を超えてから、またダム湖沿いの曲がりくねった道はさらに続き、ひたすら小走りに急ぎ中学校区の下小野まで片道七キロ、午後八時半過ぎ、医院に着き玄関には診察終了の札が下がっていましたがドアをたたき続けました。

　しばらくして、眠たそうな顔がのぞき用件はと聞かれ母ちゃんの病状を話して薬を下さい、お金は今度必ず持って来ますからと、必死な気持ちで玄関に立ちつくし、院長先生の話を聞いて待たされしばらくしてやっと薬をわたされた時は、嬉しいのと安心感でいっぱい、あとは少しでも早く帰り、母ちゃんにこの薬をのませてあげたいと思いフルスピードで帰りました。

父ちゃん

母ちゃん

小野湖

僕の父ちゃん（金甲用）は、一九一四年（大正三年）朝鮮の慶尚南道南海郡に生まれ、十五歳の時に叔父さんに連れられて日本に渡り、仕事を探しながら各地を回る飯場暮らし、急に環境も変わり文字も言葉も知らない土地で寂しい青春期を過ごしたそうです。

二十二歳の時、日本の飯場で知り合った崔さんから従妹の話を聞いて、慶尚南道東莱郡（一九二〇年）生まれの十六歳だった母ちゃん（崔今順）と朝鮮で見合い、一年後に朝鮮で結婚して（一九三七年）日本へ戻り、神戸市長田区で住み始めたそうです。

やがて二人の男の子を続けて授かりましたが、二人とも幼くして亡くし悲しむ間も無かったようです。

一九四二年(昭和十七年)神戸市長田区で富子(長女)が生まれ、一九四六年（昭和二十一年）島根県石見福光で僕が生まれたそうです。

父ちゃん（前列右から二人目）と飯場の仲間

その頃、父ちゃんは、仕事で島根県から広島へ行きましたが原爆の放射能がまだ残っていると聞いて、仕事が終わるとすぐ山口県へ行ったそうです。

一九四八年（昭和二十三年）山口では宇部興産が電力需要を含め水不足や洪水災害防止等の為、秋芳台が源流の厚東川と支流大田川を利用して大字木田に厚東川ダムを建設中、そこへは以前から仕事付き合いのある親会社が来ていたのでその下請けでその現場に行ったようです。

そして父ちゃんは、小野湖となる右岸、（国道二一七号）湖岸道路工事の一区間を下請け、広島から一緒に来た人夫達と工事現場近くの湖岸道路下に飯場小屋を建てて住みました。その後、人数も増えたのでいつのまにか鍛冶屋河内と言う地名がついたそうです。

湖岸道路が完成、集金して支払いを済ました後、バスを借りて現場で働いた人達やその家族も連れて宇部の町へ打ち上げに繰り出し、残金は全部使いきったそうです。

一九四九年（昭和二十四年）この山口県厚狭郡小野村字鍛冶屋河内で、勝美（次女）が生まれました。

一九五〇年（昭和二十五年）三月、ダムが完成して小野湖になりました。

バラック小屋のわが家

ダム工事が終わり、次の仕事を考えていた時に、この地の地主山県さんから父ちゃんに、「金澤君（通名）この辺でぼつぼつ落ち着いたらどうか」と話があって、これまでの飯場暮らしをやめて、山県さんの田んぼを借り、農業をすることにしたそうです。

山県さんは、飯場のすぐ近くの湖岸道路（二一七号）の上に、土蔵のような家に住んでいました。

父ちゃんは寄せ集めた材料を使って、山形さんの近くに家族が住む小屋を建てたそうです。僕が物心ついた頃は、屋根は杉皮を張り板で押え釘打ち、大きめの部屋一つと小部屋の二つ、部屋はオンドルで、壁と床はセメントの紙袋を利用し張ってありました。

ともあれ、出来上がったバラック小屋に家族五人で住み、慣れない百姓仕事を始めたそうです。

僕が小学生になった頃には、父ちゃんの飯場の人達も仕事がなくなり、それぞれ仕事を探して引っ越し、そのうちの数人が通学路沿いの湖岸道路下に建てたバラック小屋に住んで居ました。

残っていた人達もその日暮らし。どこからかニワトリやヤギが死んだから、貰って来たと言ってはダム湖の傍で解体して、僕の家で集まり煮たり焼いたりして食べ、ドブロクがある時は飲み酔うと喧嘩になる時もあり、声はさらに大きくなりつかみ合い朝鮮語で怒鳴りあっていました。

しかし、酔いがさめるとあくる日にはもう何事も無かったように楽しく笑い遊び、また飲むと暴れるときもあり傍で見ていましたが怖いと思ったことは一度もありませんでした。

僕はいつも腹ペコでしたがみんなも同じかなと、だけど何か食べ物があると必ず声をかけてみんなで集まり、食べて飲んだ後は静かでいつの間にか帰って行きました。

一九五二年（昭和二十七年）山口県厚狭郡小野村字鍛冶屋河内で、英雄（次男）が生まれました。

僕の犬

ある日の夕方、飯場のおじさん二人に僕の飼っていた犬を連れて散歩に行こうと誘われました。

いつも放し飼いなのに犬の首にひもが巻きつけてあり、おじさんがひものはしを持ってダム湖へ、水は家からはかなり下までいかないと無くおじさんが「ぼんは先に帰り」と言うので、「犬は」と聞くと大丈夫、おじさん達もすぐ帰るからと言って、犬を切株につないでいました。

二〜三日して、犬が帰って来ないのでおじさんにたずねたら「犬は連れて帰ったよ、探してみなさい」と。その日から僕の犬を見ることはありませんでした。

通学路

僕の住んでいた、山口県厚狭郡小野村字鍛冶屋河内から、如意寺までの通学路は、草ぼうぼう雨が降ればぬかるむそのなかを歩き、如意寺を過ぎ両川の分校で小学二年間通い、三年生からはそのまま延長でダム湖沿いの通学路を本校の小野小学校に、そして小野中学校へと徒歩通学が決まりでした。

もう一つ通学路があって、対岸の一の坂からバス通り（一ノ坂〜小野〜秋吉台）を行くことも出来ましたが、渡し舟を利用するので不便、鍛冶屋河内と対岸の一ノ坂は小野湖で一番川幅が広く、（五百メートル）櫟原の岬に住む川本さんが小野役場から一の坂から鍛冶屋河内への渡し舟業を任されていました。

一九五四年（昭和二十九年）十月一日、山口県厚狭郡小野村も山口県宇部市小野区になりました。

ハンメ（祖母）

この頃突然、どこからかハンメ（父ちゃんの母親）が来て一緒に住み始め、僕と同じ部屋で寝起きするようになりました。ハンメに日本語は話せず聞いても分からずでしたが、いつの間にか家族になっていました。

一九五五年（昭和三十年）山口県宇部市小野区鍛冶屋河内で、辰夫（三男）がうまれました。

おさるのかごや

小学二年までは、片道三キロ両川にある分校へ通い、三年生からはさらに四キロ先の小野小学校の本校へ徒歩通学でした。分校では六人でしたが本校では二クラス七十人になりました。

三年生の時、初めて学芸会に出ました。発表したのは「おさるのかごや」。舞台裏の通路で胸はドキドキ、緊張しながら出番を待っていました。

前々日までは、学芸会は欠席するつもりでいい加減に練習していましたが、母ちゃんが内緒にしていたのにどうしてか知り、いつの間に分校近くの同級生の家に行き、学芸会で着るハッピを一緒に頼んで作っていました。

そのハッピが発表会前日の夜出来上がり、母ちゃんとハッピを受け取りに行き、急に学芸会に出ることになり大慌てです。

何とか学芸会も無事に終わり、学校の庭園で記念写真を撮りましたが、でも僕だけが素足。ハッピは何とか間に合いましたが足袋を買うお金も時間もなく、そこまでは母ちゃんも気がまわらなかったからでした。春先の学芸会は少し肌寒く足も冷えましたが、でも嬉しい気持ちでいっぱいでした。

やがて秋になり、ある日曜日、母ちゃんに、朝から一緒に行くところがあると言われてついて行くと、ハッピを作って貰った同級生の家でした。

その日は一日中、稲刈りを手伝い母ちゃんに負けまいと一生懸命がんばりました。昼休みになり田んぼの傍に大きな柿の木に甘柿がいっぱい生っていたので欲しくなり、もいでもいいですかと聞いたら三個だけと言われ、嬉しくてなるべく大きいのを選んでもぎ、その日の収穫は甘柿三個、でも母ちゃんと三キロ弱の帰り道、心がはずんで一方的に喋り続けながら歩いていました。

母ちゃんはあくる日も手伝いに行きました。ハッピを作って貰ったお礼に稲刈りを二日間手伝う約束をしていたのだなと思いました。

暮らしぶり

本校へは片道七キロ、朝は六時前半過ぎに家を出ます。授業が終われば急いで帰りダム湖へ、満水になれば浸かる場所の木を伐り倒し薪用に乾かし、流木拾いもしました。

また晩御飯のおかずに、ダム湖で魚を釣るのも日課の一つ、魚釣りの餌は家の裏にある流しの石をめくれば赤いしまミミズがいっぱいいました。

飲み水は、裏山の湧き水を利用して竹のトユで引き桶に落としていましたが、時々、ミミズが桶の底で何匹か白くなっていました。だが夏場には飲み水が涸れてダム湖まで水汲みに行きついでにダム湖で体を洗い、寒くなってから風呂は週に一度くらいは沸かし、僕はいつもハンメと残り湯に入っていました。

風呂場はカンテラ一つで薄暗く、五右衛門風呂は小さくその中でハンメは僕の体をタオルでごしごし洗ってくれました。夜になると、男は縁側の端につぼを置きそこへ用を足します、朝、ハンメが片付ける役目でした。便所は、家から十メートル以上離れた木立の中にあり、屋根だけつけた小屋に大きな瓶を埋め板を二枚わたしてあるだけで、トイレは寝る前に済ませますが、夜中に行く時は真っ暗なので妹や弟達は一人で行けず母ちゃんか僕がカンテラの灯りでつれて行きました。年月が過ぎ僕も田植え時期とか秋の収穫時、父ちゃんに言われた時は学校を休んで手伝いましたが、それでも暮らしはますます苦しくなるばかりでした。

山奥の田んぼへの坂道は木のトンネルで暗く、雨が降れば田んぼに砂利が流れ込むのを見回り水の道を止め、それをまた開けに行くのをくり返し、通う山道は流れる水で三角形の溝になりつるつる滑り、おいのこに荷物を積み担ぐと上りでは顔が地面とくっ付きそうな感じでした。

現金収入が無いので、秋の収穫が済むと一年間の前借すべてをお米で支払い、新年を迎える頃にはそのお米がなくなって、夕暮れに母ちゃんに言われて道草を摘みに行き、その摘んだ草で雑炊を作り、飯台を囲みますが育ち盛りの子供たちばかり、ハンメと母ちゃんは時々何も食べてなかったような気がします。そんな時は、あくる日の朝ご飯もなくお昼の弁当も持たずに登校していました。

食料

春はヨモギやセリ・タンポポ等を摘み、そのまま食べられる野イチゴや野ばらの新芽、ツバナや薄の新穂はつまみ食い。この時期、牛はいいなあーなんでも美味しそうに食べられてと、うらやむ気持ちでした。夏休みは、田んぼの用水路でドジョウや沢蟹を捕りました。

通学路の如意寺近くの小川では下流からじゃぶじゃぶ歩き、砂地で足裏がこそばいなと思ったらホウセンボウを踏んでいるので掴み、逃げるハヤや小魚を隠れた石の下で手掴みし、また自転車屋の同級生に頼んで自転車用の古いチューブやホークを貰ってそれで手製の水中鉄砲を作り、水中眼鏡もないまま岩穴を覗き、ドンコを突き、時には少し深くなっている川底の石につかまり、砂地に波紋がゆらゆら映るのを息の続くかぎり眺めていました。

又、ダム湖では鯉や鮒やハヤ等を釣り、夜釣りの仕掛けは背丈くらいの竿先に三十㎝くらいの太目のスジやタコ糸を使い、大きめの針で餌は太いミミズ、雨蛙、ハヤをぶつ切り、小川の下流ダム湖に注ぎ込む岸辺に日暮れてから行って、竿をしっかり差し留めあくる朝見回ります。ウナギやナマズが掛かる時もあり、秋は渋柿で干し柿を作り、山栗・アケビを採り、イナゴやバッタも捕まえて、冬はダム湖でモズク蟹を釣り、注文受けて木田へ二回、一匹五円で売りに行ったこともありました。でも年中、全てが獲れるわけでも無く、いくら頑張って釣っても採っても一食分にも足りませんでした。

夏休みも過ぎたある日、小学校からの帰り道、ダム湖沿いに反りだして生えている木にアケビがなっていました。かばんを置いて木登りアケビを取った瞬間、木から落ちてダム湖にドボン、まだ泳げず、浮いている木の葉一枚にでも手を伸ばし、バタバタもがいていたら岸辺に手が届いていました。

梅雨ごろには、小学校の本校近くでダム湖が満水になり、雑草地が水に浸かり、フナやコイが浅瀬に入りバチャバチャ、手づかみでフナ二匹を長靴に入れて教室に持ち込みましたが、跳ねて水が飛ぶので学校を早引き、フナをポケットに入れて帰ったこともありました。

また、ダム湖の水が少ない時は昔の近道があり、大きな桑の木が三本まだ枯れずに残っており学校帰りに通ると桑の実が熟れていました。ゴックン、食べられるだけ食べて、学生服の両ポケットいっぱいに詰めての帰り道、ダム湖の水が増えなければ明日も又、食べられるなと思い家に着くと、ポケットの中は赤黒くベチャベチャ、母ちゃんに叱られて洗濯、次の日は学生服の着替えが無く学校は休みました。

晩秋から冬は山に罠を仕掛けツグミなどが捕れた時は、オンドルの火の番をしながら燃え炭をかき出し、父ちゃんの酒のあてに塩をふって焼き鳥を作り、美味しそうでいい匂い、だけど僕は食べたことは一度もなかったです。
また、あるときは珍しいことにハチクマ（鳥）が空から落ちてきたので、天からの贈り物と思い解体すると鉄砲の小さな弾が数個出てきました。

自然のなかで

年に一度くらいは、ウサギも罠にかかりそんな時は得意満面、母ちゃんの喜ぶ顔がとても嬉しかったです。ビックリしたのは、ドッドッドッと音がしたと思ったら猪が二頭、家の前を横切り後から犬が吠え追いかけて、猪はダム湖に飛び込み櫟原へ泳ぎ渡って逃げて行きました。

農繁期以外は、父ちゃんが裏山に作った炭窯で木を伐り炭焼き、薪も作り売りましたが、木田からダム湖沿い（五キロ）の道は、車が一台やっと通るだけの曲がりくねった地道を通って来て、荷物を積んだ三輪トラックが、ぬかるみにはまったことがあり二度と来てくれませんでした。

父ちゃんは色々と、他の仕事もしましたが続きませんでした。その後、農耕用の牛を一頭に子豚を三頭買い育てましたが、かんじんの人のほうが食べる物も無いので豚も太らず、二頭は売り一頭は解体して売れ残った肉は大釜で蒸し豚にして、知らない大人達が集まって、家の前にゴザを敷いてドブロクを飲み、蒸し豚を食べドンチャン騒ぎをしていました。

不思議に思ったのは、父ちゃんは食べるものもなくお金を持っているのを見たことも無いのに、どうして牛と豚を買えたのかなと、この疑問は今にいたるもそのままです。

家の前にはダム湖からの風よけに雑木林、その前に小さな畑があり、季節ごとにダリアやコスモスが勝手に咲きみだれ、時々畑には白菜、大根、ジャガイモ、サツマイモもありましたが、収穫する時に種を残さず種芋も全て食べてしまうので、小さな畑は花畑に、また、雑木林にはカボチャがツルを巻き数個のカボチャが熟れてぶら下がり、カボチャを取りに入ると根本には正体不明の骨がごろごろしていました。

飯台

父ちゃんは、年に何度かは機嫌の悪い時があり、晩御飯の時に飯台をひっくり返しお金も無いのに焼酎を買って来いと言われ、母ちゃんは黙って散らかった茶碗やおかずをかたづけていました。

僕はそれを見て渡し船を呼び一ノ坂へ渡り、特に秋から冬は日暮れが早く木田までの二キロの道を三合入りの空き瓶をさげてとぼとぼ歩き、男山（酒屋）へ、お金は今度、母ちゃんがもって来ますのでとただひたすらお願いして焼酎代金を前借りし、また三合瓶を下げてどっぷり暮れた夜道を戻りながら、母ちゃんが可哀そうでたまりませんでした。

ムカデ

僕が物心ついてからの家はダム湖を見下ろせる景色のいい場所にあり、晴れた日は本当に「きれいだなぁー」と思っていました。しかし、困った事は台風、風よけがなくダム湖から吹き上げる風がまともに当たるので、台風の来る前になると雨戸が無いので板切れで押さえ釘で打ち付けるなど大わらわで、父ちゃんの手伝いをしました。

いざ台風が来ると、薄い杉皮の屋根はパタパタとめくれ千切れそうな気がして部屋の中には鍋、バケツ、洗面器、どんぶり茶碗などの下には雑巾を敷いて雨漏りのしずくを受け止めている中で、僕は壁に背持たれて一つ一つしずくが落ちて跳ねるのを見ながら音を聞いているると退屈はしませんでした。でも大きな台風が過ぎた後には、流木がぎっしり流れ着き、乗っても大丈夫と思うほどでした。また流木の下では魚が虫を食べているのかプチプチと音がしていました。

もう一つ嫌な思い出にムカデがあります。特に秋口、繁殖したムカデが大きくなり、部屋の壁はセメントの空き袋を利用していたので、夜中にムカデが壁を這うとジャリジャリ音がします。目が覚め飛び起きてムカデ退治にけんめいでした。

もずく蟹釣り

小学五年の秋の終わりごろ、一人でダム湖にもずく蟹を釣りに行きました。

背丈より少し長めの竹竿の先に、セメントの空き袋をほどいた糸を括り、餌は魚の頭、魚の目に針金を通しくくりつけて竿先を少し浮かせ竿を足元に留めます。蟹は餌を持ち逃げするので竿先がゆっくり下がり、僕もゆっくり引き上げ根競べ。蟹が餌を離さず地面を離れるとじわーっと浮き、それを手元に引き寄せ網ですくい取ります。

夕方になり釣り場を変え、小さな切り株が邪魔になるので手で揺さぶったら、突然折れて後ろ向きにダム湖へバッシャーン、瞬間、耳がシーンとして何も聞こえず、蛾が水面に浮いてバタバタしてぐるぐる回っている絵が頭に浮かびました。（記憶の中でそのシーンを何処かでジーッと見ていたような）泳げないので背およぎみたいに両手をバタバタしていたら体がかってに一周して陸にとどきました。

気ままな三爺　山県さん

鍛冶屋河内では、地主で一人暮らし山県さんと、湖岸道路とダム湖の間には同じく一人暮らしの藤本さんと金子さんの家があって四軒で住んでいました。山県の爺さん家は、僕の家と横並びで少し離れた場所にあり、瓦屋根に白壁の土蔵みたいな建物の二階に住み入り口は鉄格子の引き戸でした。西壁に小さな窓があるだけで暗く西日が射し込むと塵がもうもうとしていました。

夜は二階に上がる梯子を外して寝ていたようです。山県さんは丸坊主で年中裸足にゴム草履、どんぐり眼で声は大きく、ご飯のおかずは塩と梅干だけとか風呂にも入らず、僕は時々話したこともありますが怖い感じの人でした。

ある時、山県さんの横から細い道を山超えすると、隣村があると聞いたので行ってみると小さな村があり、出会った人に挨拶すると何処から来たと尋ねられ、説明すると会った事も無いのに親の事は知っていました。畑にいっぱい生っている夏ミカンを見て貰えませんかと言ったら青い柚子ならあげると言われ、とげとげの木を登り三個採ってお礼を言って帰りました。

また、家から同じ道の近くに墓があり、その前に黄土色の池があったのでのぞいてみると池の中の底土に穴がポコポコあいていたので、貝がおると思いパンツ一丁で池に入ると腰までずぶずぶ、小さな黒い貝を何個か採り手探りして歩くと大きな骨が何本もありびっくりしました。

家に帰り、母ちゃんに話すと「二度と行くな」と叱られました。

気ままな三爺　藤本さん

藤本さんはお洒落なおじさんで、ダム湖道の下にいつの間にか小綺麗な家を建てて住んでいました。

色鉛筆で、少年や少女の躍動感いっぱいの絵を書き、墨で壁に裸婦を描き、山に入って樫の木瘤を見つけて持ち帰り般若の彫り物を作り、タバコのケースも桐の木で細工して桜木の皮を張り、使い込むと艶々してすごく綺麗でした。

軍隊にいた頃、成績は常に一番、戦場でも真っ先に突撃していつも敵陣に一乗りをしたと自慢していました。

時には一緒に魚を釣り、僕が案内して裏山にツグミ等捕るギロチン風の罠を仕掛け、学校から帰ってから一緒に見回りに行くと、僕の罠には抜けた羽ばかりなのに、藤本さんの罠にはちゃんと獲物がかかっていました。

藤本のおじさんは日頃から、下着はふんどしひとつ、いつも上半身裸になり日本手拭いで乾布摩擦という健康法、丹田を鍛えると言ってへそ下をこぶしでたたいていました。

また、小さなカメラで時々写真も撮ってくれましたが、僕はカメラが珍しく一度だけお願いして写真を撮らせてもらい、家族の記念写真を撮る時は、一番きれいな新しい服に着替えて撮ってもらいました。

年の暮れが近づくと、藤本さんがトランジスターラジオを持っていたので、藤本さんを招きラジオで紅白歌合戦が聞きたく、渡し舟をしている岬の川本さん家も大晦日は家に来て貰いたくて、お互いひそかに藤本さんへのご機嫌とりをしていました。

藤本さんの口癖は若い時は都会に出て金儲けもしたが、年をとればガスも電気も水道もない、この「自然な田舎暮らし」が一番だといつも言っていました。

そして又、恋愛の話になると若い時はいっぱい恋をしなさいと、恋をして振って振られることが学校の何倍も勉強になると話し、僕が大阪に就職してからも、妹や弟達を宇部や下関に遊びに連れて行ってくれたそうです。

気ままな三爺　金子さん

三人目の一人暮らし、金子のおじさんは、宇部から来たと言い寡黙な人でした。

この人もいつの間にか、ダム湖道より下の平地に生えている笹を刈り、小さな土地を開き、ダム湖の流木を集めて骨組を作り、割った竹の節を抜いて交互にかぶせて屋根を拭いて、壁は刈り取った笹を組込んで土を塗り、窓一つだけの小屋を作って一人で住み畑を耕し、ひとりでは食べきれないほどの野菜を育てていました。

雨の日は、体だけが濡れないぐらいのせまい部屋にいてある時、大雨が降りダム湖が満水、金子さん家の玄関口まで水が来て危ないから僕の家に来てと、呼びに行っても返事がありません。

どうやら金子さんは、ダム湖が満水になると色々なものが流れつくので、後々使えそうな流木や物を拾い、小屋の横や裏にはいつも流れ着いたものが山積みになっていましたが、このときも飽きずに拾い集めていたようでした。

小屋のすぐ前はダム湖なので、暇があれば釣った魚は、拾った木くずを燃やしてあぶり薫製にして、夜はカンテラ一つ、煙ですすけた真っ黒な小屋に住んで、春になると裏の畑は元々笹が茂っていた場所なので小さな竹の子がニョキニョキ生えては刈り生えては刈り、根競べしながら耕していたのが印象的でした。

湖岸道路下に、二軒だけの隣どうし藤本さんとは犬猿の仲のようでしたが、藤本さんの一方的な暴言にも知らんふり、金子さんは常に飄々とし物静かなマイペースの人でした。

時々、金子さんは宇部に住む娘さんの所へ行き、一杯飲んで帰りは何処でバスを降りたのか酔いつぶれて記憶がなく、時には車が危ないので側溝のなかでひと寝したこともあると話していましたが、知らない間に何処に行ったのか姿が見えず消えていました。

昼休み

小学生のときからからずーっと雨が降れば傘が無いので休み、学校に着いてから雨が降り出した日の帰りは、学校の番傘が借りられるので助かりほっとしました。

だけど、帰り道に雨が止むと、つい嬉しくて傘をおもちゃにして広げて横でくるくると回して歩いたりするのでそのうちに、勢い余って傘が前に来て踏んで壊わし、学校に返せないので忘れたと言い訳しているうちに本当に忘れ、次も借りては同じことの繰り返しでも、今となってはなつかしい思い出のひとつです。

小学四年の時は、先生が月謝を集めるのに多分うっかりして言ったと思いますが、クラス全員の前で「ああ、金澤君（通名）は月謝持って来なくても良かったな」と、言われた時は恥ずかしくて顔を上げる事が出来ず、また特に嫌なのが昼休みの弁当の時間でした。

弁当持って行けない日もあり、弁当を持って行っても中身を人に見られたら恥ずかしく、手で隠しながら素早くかきこみ食べていましたが、クラスにもう一人、同じような友達がいて弁当がない時は皆が弁当を食べている間、いつも二人で教室の横の中庭でわざと大きな声を出して歌を歌っていました。

そんな日々の中、担任の先生に呼び出され、空いている教室に連れて行かれてっきり怒られると思っていたら、先生から二人で分けなさいと紙袋を渡され、先生が教室を出てから開けてみるとパンが四個入っていたので二個ずつ分けて食べました。

思えば先生に嬉しかったことも美味しかったこともお礼も言わず、それからは二人してただひたすら昼休みが過ぎる間、校庭の隅で静かにしていました。

通学

小学五年生の頃、如意寺まで帰り道が一緒の光ちゃんと従妹の愛ちゃんとは隣どうしに住んでいて、いつも皆といっしょに通学していましたがある日の帰り道、たまたま愛ちゃんと二人きりになった時、家に遊びに来てと誘われてついて行くと、早く早くとせかされ一緒に押入れの上段に入り、戸を閉めて抱きつかれ、そのままじっとしたあと何事もなく帰えったことがありました。

その後、通学路で会っても知らんふり、子供心に二人だけの秘密だなと思いました。

六年生の秋のこと、土曜日で学校は昼まで、いつもの通学路と違うバス道を帰りました。学校から二キロ弱来たところで緩やかな上り坂が続きます。炭が満載でとろとろ走っている三輪トラックといっしょになりました。

僕達は運転手さんと小走りしながら話していましたが、そのうち僕がトラックに飛び乗った時、足を滑らせ落ちて左足の膝をくの字に曲げたまま後輪に轢かれたことがありました。

運転手さんが、慌てて車を止めて、大丈夫かと何度も聞かれたけど、僕が悪いので大丈夫を繰り返すと、気を付けて帰りやと言って、そのままトラックに乗り行ってしまいました。

しかし、さて立ち上がろうと思っても力が入らない、やっと立ちあがり友達に肩をかり残り五キロ以上の道のりをゆっくり歩き始め、途中まで一緒の友達が別れ際に棒きれを拾ってわたされたのを杖にして、残り二キロぐらいは自力で帰るしかなく家に着いたら暗く七時を過ぎていました。

ハンメは、アイゴーアイゴーと泣き、父ちゃんは黙ってズボンを脱がせて、見るとズボンの左足膝下部分と靴の中は血みどろ、左膝の後ろにぽっかり穴が開いていました。

父ちゃんは置き薬の赤チンをだして、足の下に雑巾を敷き赤チンをぶっかけて終わり、翌日、病院へ行くと骨に異常はなく左膝の内側は神経が無く、膏薬と傷薬をもらって帰り、病院代金が気になって通院はせずそれきりでした。

学校も休み運動会も休まされ悶々と過ごし、二十日後にやっと通学できるようになりました。

従兄妹たち

僕が小学六年の冬、年末に突然電報がきて、父ちゃんが下関へ飛び出して行きました。

父ちゃんは四人兄弟の長男ですが、下関に住む次男のおじさんが踏切事故で亡くなった知らせが来たからでした。二～三日してどんな事情か分かりませんが、僕の従兄妹にあたる中三の庸夫、中一の功子、小五の富貴、兄弟三人が持てるだけの荷物をもって父ちゃんと一緒に戻ってきました。

おじさんは、下関で商売して成功したと聞いていましたが、従兄妹たちの母親は一人で名古屋の兄さんを頼って行ったそうです。従兄妹達三人は同じ小野小学校、小野中学校へ編入されました。

だが従兄妹たちは着る物もお洒落で成績も優秀、僕達兄弟の成績は悪く、年中同じつぎはぎだらけの学生服を着ていました。

田舎の学校では何か変わった事があると直ぐ噂になります、従兄妹どうしでありながら何故こんなに違うのかと事あるごとに比較され惨めでしたが、母ちゃんはこの子たちは親がいないからと言って、僕達兄弟のことは全て後回し我慢させられていました。

三人は三つしかない部屋の一つを使う事になったので、残り二部屋で家族八人が住み、食べるものは相変わらずなくて、以前よりもひもじくなり庸夫兄さんと功子姉さんは何も言わないまでも、さすがに幼い末妹の富貴は駄々をこねて大変でした。

下関の都会で家族と何不自由なく暮らしていた時と、父さんが亡くなり母さんと別れ、心細い毎日に腹ペコでは仕方ないなと思っていました。

庸夫兄さんがあくる年中学を卒業すると名古屋のおじさんの所へ就職し、一年後には妹達を引き取って名古屋へ連れて行きました。

生前、下関のおじさんが商売繁盛しているときいて、母ちゃんが片道切符でお金を借りに行ったのは伯父さんが事故で亡くなる一年前のこと、怒られて帰りの切符だけを持たされ帰って来たことを、後日になって聞きました。

バスの切符

富子姉ちゃんは中学卒業後、宇部の国本さん所に働きに行き、この頃はハンメ、父ちゃん、母ちゃん、勝美（次女）英雄（次男）辰夫（三男）と僕の七人家族でした。

僕が中学校入学の時、母ちゃんがお祝いにノート三冊と鉛筆三本を買ってくれたけれど、もったいないので勝美に、ノート二冊と鉛筆二本をあげました。

僕は、中学三年卒業までノート一冊鉛筆一本で勉強しましたがほとんどの新品のまま、特に中学二年の二学期は無気力で欠席ばかり、先生が親に連絡するにも遠すぎて交通も不便、親にばれさえしなければいいやと思いさぼって遊んでいました。

僕の気持のなかで「勉強する」という考えは全くありませんでした。

その頃、突然、何を思ったのか父ちゃんが宇部に遊びに行こうと誘われて、着たきりの学生服のまま父ちゃんと一緒に一ノ坂から防長バスに乗りました。

宇部に着いて何処へ行ったか、何をしたのか昼ご飯は何を食べたのか何一つ思い出せないけど、宇部で帰りのバス停で切符を買おうとしたらお金が足りない、父ちゃんは一本気で真っ正直な性格、切符売り場の人と初めは静かに話していましたがだんだん声が大きくなり、周りに沢山の人が居る中でとうとう怒鳴り、「逃げも隠れもしない一ノ坂の川向かいの金澤だ」と名乗って、帰りの切符代金を借りて帰りました。

帰りのバスに乗って一ノ坂に着き渡し舟を呼び家に着くまで、父ちゃんと一言も話さず、後日、一の坂のバス停で、バスの運転手さんにバス代金を借りた事情を説明してお礼を言ってお金を返しました。

一九五九年（昭和三十四年）、山口県宇部市小野区鍛冶屋河内で、忠夫（四男）武夫（五男）。双子で生まれ、家族は九人になりました。

川本さん一家

その日は朝から何か騒がしく、櫟原の渡し舟業川本の娘さんが舟で父ちゃんを迎えに来て一ノ坂へ行きました。川本のおじさんが前日の夕方に、一ノ坂から二キロ先の木田に酒を飲みに行き、帰らないので皆が心配し探していたからでした。

一ノ坂の舟着き場の近くに住んでいる人から、夜遅く舟を呼んでいたと聞き川に落ちたのではと、長い竹竿の先に鳶口をつけて岸の近くの川底を探っていたのですが、中々見つけられず父ちゃんが代わり「おーい川本、上がって来いや」と言って探ったら、竿先の鳶口にかかり上がってきたそうです。川本のおじさんは、足が片方無くて松葉杖をついていたので、酔ったままふらついて川に落ちたのではないかと。川本さん家はその日からお母さんと男の子一人に女の子四人の六人家族になりました。

鶏小屋の前で僕(左)と川本道男君

何日か過ぎて、僕より一つ年下の川本さんの長男道男君が珍しく渡し舟で迎えに来て、舟に乗ると近くの入り江の方に行き、突然、「死ぬ」と言って舟から身投げしようとしたので、僕は必死に後ろから抱き止めて「やめろやめろ」、道男君は、「死ぬ死ぬ」を数分ぐらい続けていると、僕は可笑しくなって大笑い、すると道男君も泣くのを止めてぼーっと落ち着いたので、「帰ろうや」と声かけて何事もなかったように家に帰りました。

その後も、櫟原の川本君の家は百メ~トル程の入り江を挟んで学校も通学路も同じでしたが、なぜか一緒遊んだとか通学した事が滅多になく、お互い似たような境遇で何か知らず知らずのうちにライバル意識があったのかもしれません。

はじめて食べたサンドイッチ

その頃は小野湖も観光化して、上流の方から観光船が行き来していました。僕の家からダム湖は丸見え、貸ボートは上流から下ってきますが、ダム湖は広く帰りは自力では戻れず乗り捨て。短い期間で観光船も一時的なブームに終わっていました。

僕はその頃、見るもの聞くものが全て珍しく、家の下の道路わきの空き地に大学生達のボートクラブが来て、テントを張りキャンプしたのを初めて見て、次の朝、用事も無いのにキャンプを覗きに行ったら、朝食の用意中でサンドイッチを貰いました。初めて見るサンドイッチをどう食べたらいいのか分からず、恥ずかしさもあり分厚く口に入らず、ボロボロこぼしながら夢中で食べ、家に帰ってからも、妹や弟に黙って一人で食べたあとの後ろめたさにわざと不機嫌な顔をしていました。

父ちゃんと

珍しく、父ちゃんと青竹切って釣り竿を作り、一緒に釣りをしたことがありました。

父ちゃんは気が短いわりには、釣れなくともものんびりとキセルを出して煙草をぷかぷか吸っていました。

又、父ちゃんと二人で、一度だけダム湖で泳いだことがありました。平泳ぎ、抜き手、横泳ぎするのを初めてみて、僕はまだ泳げなかったので父ちゃんの真似をして練習、一夏で泳げるようになりました。

家の近くに大きなヤマモモの木があり、幹の太さが二十㎝以上、枝は茂り実がまぶれついて生り、下から二メートルくらいは枝がなくズドーンとして、登ぼられずヤマモモの実は眺めるだけでした。

ある日父ちゃんがバケツを持ってついて来いと言う、行くとのこぎりでヤマモモの木をバッサリ切倒してしまいました。あ〜あ、よその木を勝手に切っちゃった。

緋鯉

中学二年の時、舟頭の川本さんが二〜三日家族で出かけるので留守の間、渡し舟を引き受けてくれないかと相談があり、僕が学校休み舟を預かることになりました。その頃は、渡し舟を利用する人は週に数回の郵便屋さんと、時々下関から朝一番の電車とバスを乗り継いで来る行商のおばさんだけでした。

そのおばさんは午前中ブリキで作った箱を担いで来て、魚や鯨の赤身などを置いて行き、如意寺へ行商して帰りに米や野菜と交換、僕は物心ついてからお金はほとんど見たことも触ったこともなく全て物々交換でした。

その日は春うらら、牛の鳴き声がダム湖四方にモウ〜モウ〜とコダマして、桜の花びらがダム湖の風にあおられて山裾を駆け上がっていました。

僕は青竹を切って作った竿で、太めのスジがあったので大きめの釣り針をつけて、大きなミミズを餌にして目いっぱい竿を振り、ウキが立つかなと思いながら石の上に腰を下ろしたと思ったら竿がない、竿はドンドンと沖へと引きずられダム湖の真ん中で竿がウキのように立って浮き沈み、慌てて櫓を漕ぎ追いついて竿を引き上げると大きな緋鯉がかかっていました。

家に帰り洗濯用の大タライを持ってきて、緋鯉を入れてもタライの中でしっぽが曲がっていました。

たまたまその日、舟に乗り合わせた人がこの緋鯉を見て三千円で売ってくれと言うので売ってその日は、緋鯉を預かりました。

ところが緋鯉は釣った時の釣り針を飲み込んだままだったので、鯉口から釣り針を取るために細い棒切れを入れて、腹の中をかき回したために緋鯉は弱ってしまい、翌日お客さんは文句を言いながら千円値引きして二千円くれて緋鯉を持って帰えりました。

図書館へ

中学二年の頃、少しは将来のことも考える歳になりましたが、何の夢も希望みも湧かず何も考えられない日々が続きました。

他の同級生は高校進学の話や就職の話、先生も授業中に「将来の夢」など聞くようになりました。

僕はその頃になると通学途中や授業中、休憩時間にも何かやりきれない気持ちとうっぷんが溜まるようになり悪戯ばかりしていました。授業の絵の道具・そろばん・ハーモニカ・習字の道具もなくひとり自習のような状態でした。ある日、習字の時間にとなりの席の女の子の筆を借り、半紙をまっ黒に塗りつぶし顔にも悪戯書きをして泣かせてしまいました。

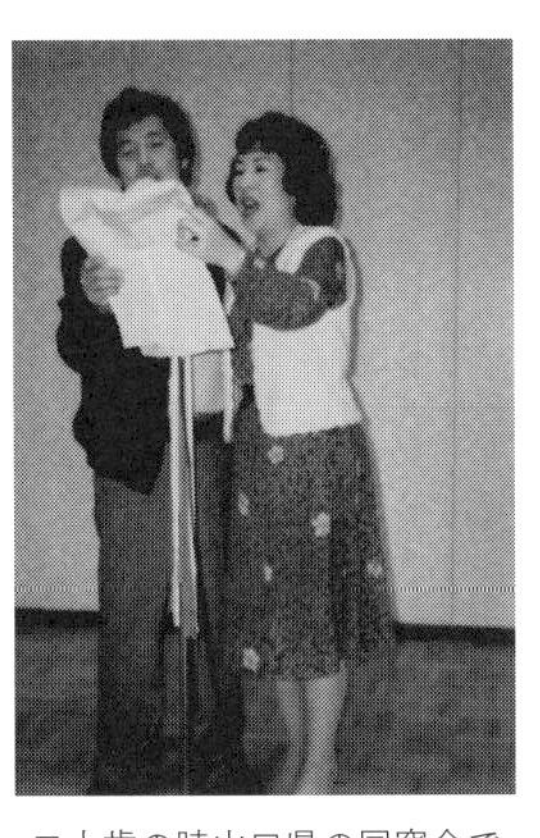
二十歳の時山口県の同窓会で
松本貞子先生とデュット

松本貞子先生は、泣いている女生徒の顔を見て「あ

～あ綺麗になって」と言いながら拭って慰め、僕には一言も怒らず「金澤君に一度絵を書かせてあげたいな」と言ってくれました。

　松本貞子先生は、英語を教えていたので発音に訛りがあり、お洒落で少しふっくらで色白、パーマをかけ一見ハーフのような感じがして、皆の憧れでした。勿論、僕も憧れていました。その他、色々な悪戯が過ぎて松本先生に図書室に呼ばれて行くと、「金澤君何でそんな事ばかりするの」と泣かれてしまいました。

　図書室で泣いてくれた先生に、逆に僕だけ特別扱いされているような親近感を憶え、大人になったらデートしたいなと淡く思うようになりました。

　そして、今まで考えたことも行ったことも無い図書館へ足を運ぶようになり、クラスの図書館係りが勧めてくれた本を読み、隣の席の女の子が貸してくれた「砂漠をこえて」が心に残り、それから少しの間は読書に夢中になりました。しかし家では本を読む時間も灯りもないので学校の帰り道に読んでいましたが、陽の長い夏場はよいけど長続きはしませんでした。

　後日談、二十歳の時、小野中学校（昭和三十六年卒業）同窓会で宴会の時、デュエットの合間に「先生とデートしたかった」と告白、先生は一言「ありがとう」と笑いながら言ってくれました。

僕の炭焼き窯

中二の時、父ちゃんに頼んで自分用の炭焼き窯をダム湖道の下に作って貰い、炭焼きはいつも手伝っていたものだから簡単に考えていました。

でも炭窯を作るのも手伝いましたが、見ているだけでも結構むつかしく初めての経験でした。

出来上がった炭窯は、一度焼くと炭が二〜三俵出来る程の小さな炭窯でした。

学校から帰るとすぐダム湖道から下の雑木林に入り、カシやクヌギ、ナラ等の木を切り、寸法図って一窯分溜めては焼いていました。

生木は柔らかく切りやすいけど、流木や枯れた木は固く中々切れずノコギリの歯がすぐにちびて切れなくなり、父ちゃんに教えてもらいながら、やすりでのノコギリの目立てを憶え包丁や鎌、鉈、小刀も研石で研げるようになりました。

炭焼きは火をつけるのも難しく、火を消し止めるのも昼夜を問わず遅すぎると灰になり、炭が少なくなり、炭窯を密封してから窯が冷えるのを待って焚口を崩し入り口を開けますが、いつも期待したより炭が少なくがっかりでした。

焼いた炭は、荷作りする炭俵もカヤを使い藁から縄を編み全て手作りでした。

ある日、母ちゃんに言われて小学生の英雄と二人で炭一俵をバスに積み、木田の散髪屋へ持って行きました。（母ちゃんが散髪屋さんといつ話をしたのかと思いました。）二人とも散髪して炭で支払いおつりを貰い、英雄に帰りはバスに乗るかバス代で飴を買うかと聞いたら飴と言うので、家には内緒で初めての買い食い飴を食べながら二キロを歩いて帰りました。

ある日、学校から帰ると炭窯の天井が崩れていました。雑木林の持ち主からの苦情に父ちゃんが炭窯をつぶしたと聞いて、僕の炭焼きは終わりました。後で分かった事ですが、何も知らずダム湖道から下は全て持ち主が居ないと思い込み、勝手に木を切り炭焼をしていましたがダム湖の満水時の五メートル上に何らかの印があり、湖岸道路の下でも全て地主が居るということでした。

ニワトリ

この頃、父ちゃんがニワトリ小屋を新しく作りましたが、住んでいる家よりもニワトリ小屋のほうがずーっときれいで立派にみえました。

数日して三種類のニワトリを雄雌で買ってきました。僕は今まで、ニワトリを育てた事が無いので餌の作り方も知らず、父ちゃんに聞いて大根の葉や菜っ葉の切れ端をこまかく切って、糠に混ぜたものを餌箱にいれてみると、鶏はすぐ寄って来て美味しそうに食べてくれました。

父ちゃんがニワトリの種類を教えてくれ、白色レグホン、灰色の縞々模様がブロモス、威勢がよくて色がきれいな名古屋コーチンということでした。成長してくると雌は卵を産むとコケコッコーと鳴きそんな時は嬉しいので、すぐ鶏小屋に行って産みたての卵を持つとまだ温かく時々、父ちゃんは卵を受け取ると刻み煙草、愛用の真鍮のキセルの頭の裏側でコツコツと卵の上に大きめの穴を下に小さめの穴をあけ、上を向いて卵を吸っていました。

ある日、ニワトリ小屋が異状に騒がしく様子見に行くと大きな青大将が卵を盗りに来ておりニワトリはパニック状態、僕は棒切れを持って小屋に入り青大将を追い出そうとしますが、気持ちは悪いし棒で持ち上げると重いし、狭い小屋の中を隅へ隅へと逃げ回るので追い出すのに大変でした。

家の縁側でハンメと弟達

数年して親鳥が生んだ卵をふかさせて、知らない間にひよこが走り回り少しずつですがニワトリの数が増えていました。名古屋コーチンは成長して大きくなると歯向かってきます、ある日、名古屋コーチンが父ちゃんに歯向かって行き、父ちゃんは短気なので捕まえ鎌で首を切り落とし、晩のおかずになりました。名古屋コーチンは可哀そうでしたが、美味しかったです。

その後、一羽ずつ食べて最後に残ったニワトリ（白色レグホン）を、父ちゃんが僕に絞めて料理しろと言われ、僕はニワトリ小屋に入ると最後の一羽を捕まえて左脇に抱え込み右手で首をねじり絞めました。最後は、グググっと硬直してピクピクっとしてから動かなくなりました。

その後、逆さ吊りして首の一部を切り血が出つくしてから軽く湯につけて羽毛を抜いた後、胸と腹から開きます。断末魔の感触は中々消えませんでしたが、鳥肉は好きでした。

単車に乗っていた同級生

僕は小中学校を通して、ほとんど校内でも同級生と遊ぶとかクラブ活動もしたことがなく、出席した授業中はノートもつけず、先生の話を聞いているだけでした。

同級生と一緒に居るのは授業中だけで、中学に入った頃の一時期、昼休みに「かくれんぼ」がはやり弁当を食べ終わるとみんな逃げ、僕も鬼に見つけられるのが嫌で校外まで逃げて、昼休みの時間が過ぎても分からず時々遅刻していました。

その頃、留年して転校入学して来た葉山輝夫君は、先生も同級生も一目置く大人びた別格の同級生でした。

その教室で話したこともない葉山君がある日突然、どうして僕の家を知ったのかぶらりと遊びに来ました。どうやって来たのかと聞いたら単車で来たと言う。家の下の道路わきに止めていた単車を初めて見ました。そして甘柿が食べたいと言う。僕の知っている場所へ案内し、形は悪く小さい甘柿だけど買い物かごいっぱいとって、葉山君は寝るところも狭いので気を使ったのか、夜更けまで縁側に座り月を見ながら柿を食べていましたが、僕が眠って知らない間に帰っていました。

しばらくして、学校帰りに、葉山君に誘われ初めて彼の家に行きましたが、お互い話すこともなく、僕は葉山君と一緒に来たので、帰り道も分からず時間は過ぎて、葉山君のお母さんが「晩御飯を食べていきなさい」と用意をしてくれました。真っ白い髪の優しい感じの静かな人でした。

晩御飯を食べた後、話もないので帰り道は知らないけど帰ると言うと、単車で送るからと二人乗り、免許はと聞くと「大丈夫だと」そのまま突っ走り、初めて単車に乗った怖さと新鮮さを感じ、知らない間に小都の町に遊びに連れて行かれ、夜も遅くなり葉山君の家で泊り、あくる日は、一緒に学校へ行きました。

その後、葉山君は、突然転校してきて来て何も語らなかったように、何も知らない間に居なくなって家族と北朝鮮へ行ったたと噂を聞きました。

不思議なのは、学校を中心に七~八キロ内でお互い親同士も会った事もないのに、あの村には韓国人や朝鮮人の誰々が住んでいるということだけは知っていました。

北朝鮮の歌

不思議なことがあるというか起きるものだなと思ったのは、学校から帰ると父ちゃんが僕に歌を憶えろと言う。初めは何の歌かなと思っていたら「金日成」の歌でした。

誰に誘われていつどこで覚えてきたのか、父ちゃんが歌うのを初めて聞いて、よっぽど嬉しいのだなと思いました。

この頃の父ちゃんは、生活に追われているなかで北朝鮮に希望を持ったのか、一杯飲んで歌って過ごす日が二~三日続きましたが、後にも先にもあんな機嫌のよい父ちゃんを初めて見たような気がして、僕もいつの間にか歌を覚えていました。

だけど二～三ヶ月過ぎる頃には現実に戻り、相変わらず日々生活に追われ、父ちゃんの口から北朝鮮の話や歌も聞くことはありませんでした。

僕も少しは朝鮮語も話せますが、両親がハンメと話す時の釜山の田舎訛りと、以前、父ちゃんの飯場で働いていた人夫のおじさん達の方言や、喧嘩する時の本音のきつい朝鮮語をとても目上の人前では絶対に話せないなと思っていました。

韓国朝鮮の目上の人達に対してのお酒を飲むとき煙草を吸うときには、それなりの場所と礼儀や暗黙の了解がありました。僕も多少は韓国人の意識がありました。

陸の孤島みたいな鍛冶屋河内に住み、学校の中でも韓国人、朝鮮人かなと思う同級生も数人いましたが、通学路が全然違うと話す機会もなく僕の場合は学校に着くのも始業時間ギリギリ、授業が終わり学校出るのは一番早く学校内で休憩時間に遊ぶのが精いっぱい、通学路では一番遠くから通っていたからだと思います。

物心ついた頃から、両親は仕事が忙しく弟妹は幼く近所や通学途中に一緒に遊ぶ友達もいなく常に一人でした。とにかく毎日、母ちゃんの手助けばかり考えていました。

中学卒業

中学卒業の時期になり、進学か就職か選ぶ事になりましたが僕は就職に決めていました。中学三年の修学旅行は京阪神でしたが、僕はその時見た大阪に心ひかれ両親に相談もせず、どんな仕事でも良いから「絶対、大阪で働きたい」と、就職担当の宇山先生に話してお任せしました。

しかし大阪へ行くとなると後の事が気になり、まだ何も分からない妹と弟達に風呂やオンドルの焚き方、牛の餌や世話、裏山の罠の仕かけ場所、魚や蟹の仕かけ・栗・柿・アケビ等のなる場所を色々説明し教えました。

小野湖をバックに九人家族

でもその一方で、責任から解き放たれてやっと自由になれるという喜びもありました。その時、勝美は十二歳、英雄九歳、辰夫六歳、双子の忠夫、武夫が二歳でした。

学校でも、やっと卒業して大阪へ行ける嬉しさで気持ちは高ぶりはしゃぎまわるようになり、いつもふざけて叱られていた先生が急に懐かしくなったり、友達と記念写真を撮ったり授業が終わるといつも真っ先に帰っていたのに居残って、級友と相談して他校の女学生になりすまし「前からずーっと憧れていました」と、同級生の一番悪に偽のラブレターを出すなど悪戯さをして、わけも無くぶらぶら付き合い、下校のチャイムがなるまで遊んでいました。

また級友とサイン帳を回しあい、好きな娘のサイン帳には無名で告白もしたりしましたが、吉武巌校長先生がサイン帳に「運鈍根」と書いて説明をしてくれたときには、何故か僕にピッタリだなと思いました。

やがて、大阪府守口市神木町のナニワ塗装工業所に就職先が決まり、親に住み込みになるので布団を用意して欲しいといつ話そうかとばかり考えていた時、二月末、赤玉の布団袋に新しい学生服とバック、運動靴が家に届きびっくり、悩みが一変して嬉しさに変わりました。

同時に「えっ、いつの間に」母ちゃんが用意してくれたのか。びっくりしました。

いつの間に

中学卒業後大阪へ行くまでの間、父ちゃんと会話はなく、母ちゃんと今日までの事を初めてゆっくり話しあいました。一番びっくりしたのは、僕が中学二年の時、ずる休みや悪戯した時の事は僕なりに隠していたつもりでいたのが全部ばれていて、母ちゃんが言うにはその頃付き合った「友達が悪かった」の一言でした。

中学卒業するまでの間、事あるごとに母ちゃんは僕が知らない間に気使い、用意してくれた全てが「いつの間に」でした。

母ちゃんは年中朝から晩まで忙しく働き休む間もなく、家族九人の食事に洗濯に雑用、話をする時間も暇もなく、でも口に出さずとも全て知っていたのだなとつくづく思いました。

数日後、布団袋を就職先に送り、大阪へ行くその日は快晴でした。

勝美、英雄、は学校に行き、辰夫と幼い二人、武夫、忠夫は両親の畑仕事に連れられて行き、家にはハンメ一人が留守番をしていました。

僕は昼前、頼んでいた渡し舟が来たので舟乗り場へ向かいました。ハンメは縁側に座ったまま体を前後に揺らし、声をおしころして泣いていました。

僕は渡し舟に乗り、小野湖を渡り、対岸一ノ坂につくと、船頭の川本さんから「体に気をつけて」の見送りに、「行って来ます」と返事をして、一の坂のバス停に向かいました。

小郡駅には大阪で一緒に就職する春日治男、井上実君に引率の宇山先生が先に来ていて合流、乗車する夜行列車の到着まで待ち時間があるので、小郡の街を見物しました。

ぶらぶら歩くうちに、日活の映画館で、次週上映の二本立て、赤木圭一郎の「霧笛が俺を呼んでいる」と小林旭の「銀座旋風児」映画の看板を初めてみました。大阪に行ったらぜひみたいなーと思いました。

一九六一年（昭和三十六年）三月二十八日、小郡から夜行列車に乗り、これから先は「全て大阪へ」期待感でいっぱいでした。十五歳一ヵ月と二十日でした。

はじめての就職

一九六一年（昭和三十六年）三月二十九日朝大阪駅着。就職先は大阪府守口市のナニワ塗装工業所。専務さんが出迎えに来てくれました。

専務と引率の宇山先生に僕達三人、五人で大阪城を見物した後、専務が難波の高島屋へ昼ご飯を食べに連れて行ってくれました。専務がカレーライスを注文、僕はデパートでの初めての食事。

緊張して食べましたが美味しかったです。そして食後、就職する三人でしぜんと「大阪ナンバ高島屋」を呪文のように唱えながら専務について行きました。

そのまま、入社するナニワ塗装に行き案内された僕達の寮は社長の家の二階でした。

荷物を置いて棟続きの会社に行きましたが、従業員は十人くらいの小さな町工場で建物も古くて少しがっかり、仕事の内容を一通り聞いた後、三人にそれぞれにどの職場が良いか聞かれましたが、僕は職人になりたいからと言って工場長の下働きにしてもらいました。

一日ゆっくり休んで明日から仕事、昭和三十六年三月三十一日が初出勤となり、新鮮な気持ちで仕事にかかりました。

鉄で出来ている色々な小さな部品を、シンナーで洗い油を落とし乾燥させて埃のつかないように気を付けて金網に並べ、空気を吸いだすブースの前の回転台に置き、溶いた塗料を大きめのお茶コップぐらいのカップにいれたスプレーガンで吹き付けます。

塗りあがると、焼付け用の釜の棚に順番に入れて、棚がいっぱいになると釜の戸を閉めてガスに火を入れ、乾燥させて焼き上がりは「経験と勘」、品物の表面を綿で撫でて仕上がりを確かめていました。

色替えをする時は、スプレーガンをシンナーで洗います。乾燥釜に火が入るとシンナーが蒸発し、換気扇もありましたが、工場の天井は低く特に雨降りや曇天の日は一日中シンナーの臭いが垂れ込め、頭がくらくらしましたがいつの間にか気にならなくなりました。

にぎり寿司

初任給は三千円。給料が多いのか少ないのか考えた事も無く、千円は田舎に送り千円は貯金して残り千円を小遣いにしました。

本当に田舎者だなあ～と思いました。自分で働き初めて手にした現金、物心ついて憧れていた自由があるのに何も出来ない、知らない、思いつかない、初めは一人で電車にも乗れず、近所で回転焼きを買って食べサイダーを飲むのも冒険でした。

寮住まいの食事は朝・昼・夕と給食、好き嫌いは無いけど量が少なくいつも腹ペコでした。そんなある日、田舎から初めて小包が届き開けてみると下着と別の包みがあり、その中にはゆで卵が五個入っていました。

日曜日の朝は、井上実君を見習い一緒にたらいと洗濯板を買って、布団のカバーやシーツ作業着と下着も全て手洗い、井上実君は作業着に糊づけしてアイロン当てをしていました。

彼は戦争でお父さんを亡くし、お兄さんとお母さんと三人暮らしでしたので僕とは違う苦労した生活経験があり、教えてもらう事もいっぱいありました。

話してみると小学二年生までは他の分校、小学三年の本校から中学卒業までクラスが一緒でした。

しかし、一クラス三十五人の二クラスしかないのに話したこともなく、中学卒業間近に就職先が一緒だと知りやっと少し話したぐらいでした。

日曜日や仕事が終った後、することも無くお金の使い道も分からず近くの小さな貸本屋に通い、山手樹一郎と源氏鶏太の本等を借りて読み、そして、いつも貸本屋の行き帰りにあるにぎり寿司の看板を見て、お腹いっぱい食べたいなと思っていました。

後日、給料日に勇気を出して一生一度の「にぎり寿司」と、思いながら暖簾をくぐりました。

初めて寿司屋のカウンターに座り、何をどう注文したらよいのか分からず、黙っていたら聞いてくれたので返事はすべて「ハイ」。なにを食べたのか味も分からず、寿司は「一皿に三つ」八皿食べてお腹もふくれ、後は値段が気になりましたが無事支払もすませました、でも帰り道に「寿司はもういいか」と思いました。

朝鮮人

ナニワ塗装に就職して、半年過ぎる頃には少しは地域にもなれて行動半径も広くなり、会社の人達にも慣れ仲間も出来て楽しく遊んでいましたが、近くで祭りの夜店があった日に、道すがら挨拶を交わしていた娘に散歩に行こうと誘われて、ぶらぶらしているうちに淀川の堤防まで来ていました。

気が付けば時間も遅くなったので急いで帰り、皆を探していたらその娘のお母さんも心配してさがしていたので、すみませんと謝り事情を話しましたが凄い剣幕で、「うちの娘が朝鮮人に惚れるわけがない」と皆の前で怒鳴られました。

考えて見ると、田舎の小学校でも中学校でも面と向かって朝鮮人と言われたことはなく、社会にでて初めて言われた「朝鮮人」は訳の分からないまま無性に寂しく、明日から皆にどんな顔して会ったらいいのか戸惑いました。そして皆、黙っているけど僕が朝鮮人だと知っていたのだなと思いました。

後日、怒鳴ったおばさんの姉がナニワ塗装で一緒に働いていることを知りました。先夜の話を聞いて同情してくれたのか、散歩に行った娘と同じ年頃の自分の娘、恵美ちゃんを映画に連れて行ってくれないかと声をかけてくました。

時々、遠目には見ていましたが、僕と同じ年頃、色白で清純な文学少女のようでした。一緒に行った映画は「風と共に去りぬ」初めて洋画を見て感動、映画を見た後に喫茶店での話は盛り上がりましたが早めに家の近くまで送りました。

それから恵美ちゃんは仕事行く時に遅刻しそうだから送ってと言われ、自転車で二人乗りして守口駅まで送ったりしていましたが、井上実君が恵美ちゃんに恋しているのが分かったので恵美ちゃんに事情を話しました。

はじめての帰郷

月日が過ぎるのは早いもので、年末になり就職後初めての里帰り、自分で働いて貯めたお金で弟達には野球のクラブとミットに軟式のボール、おもちゃのベルト付き二丁拳銃を買い、父ちゃんには水虫の薬を買って帰りました。

大阪駅で夜行列車に乗り出発を待つ、汽笛がポォー、プッシュウ〜、ガッタンゴットンと汽車が動き始め、シュッシュッポッポ、シュッシュッポッポの音もだんだんと早くなり、ああ、これで明日朝は小郡駅に着くのだなと、思いはすでに田舎へ飛んでいました。

次の朝、小郡に着くと一年前と比べて小郡駅が小さく感じました。それから秋吉台方面行のバスに乗り、乗り換えて一ノ坂でバスから降り渡し舟を呼び乗って、舟から眺める景色が一年前と変わって見え、櫓の一漕ぎ一漕ぎで家に近づくのも嬉しくまた新鮮に感じました。

船が着き、家の方へ上がりかけている僕の姿を縁側に座っていたハンメが見つけると、裸足で駆け下りて来て僕の名前、カツオー、カツオーを朝鮮訛りで呼びながら抱きしめ泣いてくれました。

その日は皆で晩ご飯を食べましたが、食後、僕は母ちゃんに大阪で就職してからの話を聞いて欲しいなと思いましたが、何しろ日々生活や時間に追われている母ちゃんの姿を見ると何も言えず妹や弟達は幼く話し相手になれず、ハンメは日本語が分からず僕は朝鮮語が分からずで黙って過ごすしかありませんでした。

晩御飯の片付けも済んでいつもの寝る時間になり、母ちゃんが今夜は勝美と英雄にハンメと寝なさいと言って、僕に一緒に寝ようと言ってくれたのでびっくりしました。

僕の中では、初めてのことで凄く嬉しかったです。

そして枕を並べて寝ながら、大阪へ就職してからの話をしようとしても何も話せず、物心ついてから母ちゃんと一緒に寝たことも甘えた記憶は一度も無いので、気持ちが高ぶっていました。

色々なことを思いめぐらしながらいつの間にかぐっすり眠り、夜中にふと目が覚めたら、母ちゃんのオッパイを触っていました。

二〜三日ゆっくりして、母ちゃんに「大阪に帰るわ」といったら母ちゃんが言うには家はここだから「大阪には行く」のと違うかと、寂しそうな顔して言われた一言はいつまでも心に残りました。

はたらく仲間たち

入社して社長の家で寮生活、半年後に専務の家へ引っ越し、その半年後、今度は京阪電車千林駅の近くに住んでいる工場長の家が寮になり、バラバラに住んでいた他の四人と一緒に六人で引っ越しました。

ある日、皆で朝ご飯を食べていたら一緒に就職した井上実君がワッと泣き出し春日君もつられて泣き出し、僕は可笑しくて一人笑っていました。

寮長（工場長の母親）のおばあさんがホームシックだねと慰めていましたが、僕がご飯のお代わりを言うと老眼がずれた上目づかいに、じろっと睨まれ茶碗をひっこめました。

また、あるときは菜っ葉の味噌汁に青虫が二匹浮かんでいましたが、仕方ないのでおつゆといっしょに飲み込みました。

千林から守口までの電車通勤になり、少しずつですが町の雰囲気にも慣れてきました。

二年目には吹き付け塗装の仕事も慣れて、現場も少しは任されるようになりました。

その頃、千林はスーパーダイエーの一号店もあり、ダンスホールも出来てざわざわしていて、僕には縁遠い感じと思っていましたが、いつの間にか貯金も仕送りもせず借金だけが増え、寮に居た友達も恐喝に行く、万引きにいく、やくざになる、バーとかに出入りして酒も覚えて、有名な台湾女優似の彼女探しに夢中なる仲間など、でも僕は田舎の両親や兄弟の事が常に頭の中にあり羽目を外す事が出来ませんでした。

その頃は、創価学会の勧誘も激しく工場長も熱心な信者で、ある日一緒に就職した春日君と井上君と三人で工場長に連れられて箕面公園へハイキングに行き、帰りに少し寄る所があると言われて、ついて行くと創価学会の集会所でした。大勢の信者さんがいて僕達は一人ずつ信者さんに囲まれ入信を勧められました。時間も過ぎて僕は眠くなり、井上君と春日君は入信しあくる朝からお題目「南無妙法蓮華経」を熱心にあげていました。

僕が時々、馴染みの喫茶店に行くだけで、真面目な同級生春日君は中学校の担任だった先生に、金澤君が不良になったとこっそり手紙で報告していました。

九州出身の同僚

休みには千林にも洋画三本立て、(古い映画)入れ替え無しの古い映画館があり、三本見ると一日すごせるのでよく見に行きました。上映映画は何でもよく、しいて言えばアクション物が好きで、俳優はアンソニークインやユルブリーナー主演の映画が上映されていました。

その頃、一緒に働いていた三歳年上の先輩が彼女を連れて来て僕に紹介「童貞を卒業」しろと言う、その彼女も行こうと言ってくれましたが（行けば兄弟分）断わりました。

数か月してその先輩が会社にいなくなり、ある日その先輩のお母さんが訪ねて来ました。

お母さんの話では先輩は逮捕され、僕の衣類を断りなしに質屋に入れたので、お母さんに質受けを頼み、お母さんが僕の衣類と菓子折りを手土産に、わざわざ九州から謝りに来てくれました。

またその頃、福岡県の中津からナニワ塗装に姉妹が働きに来ていて、その妹さんのほうは僕より一つ年下、身長は僕より少し高く足が長くスタイル抜群、いつも明るく休み時間には近くの公園でふざけたりして遊んでいましたが、ある日、京都の八幡へ友達がいるので泊りで一緒に行こうと誘われましたが断りました。

数日過ぎて京都から帰って来て僕の顔見るなり「女になった」と告げられましたが、何のことか意味が分かりませんでした。

その姉妹は、僕と井上実君が以前お世話になっていた専務の家で寮生活をしていました。

しばらくして、寮に遊びに来て、と誘われて行ってみると、姉さんは職場結婚して残るけど妹さんは中津へ帰るので、僕とゆっくり話がしたいと姉さんに相談したそうです。

テーブルには、炊き立てのご飯に手料理が用意され向かい合って座りましたが、これと言う会話も無く僕は美味しいなと思いながら、黙々と食べ終わり「ごちそうさん」とお礼を言って帰りました。

石の上にも三年

何があっても最初の会社で「三年は我慢する」と決めていました。その時が近づき一緒に働いていた鶴長君が誘ってくれた緑橋の実鍍金工業所へ変わることを決めました。

一九六四年（昭和三十九年）三月三十一日、ナニワ塗装工業所退社、三年と一日お世話になりました。昭和三十九年四月一日緑橋の実鍍金工業所へ入社しました。

入社した会社は松下電工の下請けが決まり社長もすごく前向きで、今から頑張ろうという雰囲気がありました。

職人六人の小さな古い町工場でした。

僕は、塗装経験三年の中身を話して給料も世間並に貰い、塗装には多少自信があって頑張って働いていたら早くに認められ、先輩をさしおいて仕上げを任されました。

一番古い先輩は、九歳年上で仕事が終わるとアルサロ通い、お店の姉さんの名刺を二百枚以上持っていたので、僕はまだアルサロには行ったことが無いと話したら、先輩達に社会見学だからとすごく真っ当な理由？で連れて行かれました。もう一人の先輩は、夏の日の思い出を歌っていた人気歌手、日野照子似の姉さんに「ぞっこん」惚れこんで通っていました。

僕は十八歳になったので、会社の近くにセントラル自動車教習所があり、仕事が終わると通って普通免許を取りました、筆記試験のテストで初めて満点をとれたと思いました。

日曜日には、会社のマツダの三輪トラックを借り、先輩には助手席に座って貰い運転の練習をさせてもらいました。

夏になると社長が接待用のクラウンの新車を買ったので、僕が言えば貸してくれるとおだてられ、社長に頼んでその新車を借り皆で城崎から玄武洞方面にドライブへ行きました。

一番つらいのは寮の夜、皆が麻雀を遅くまでするので電気は明るく、麻雀パイの音がうるさく眠れない、始めは麻雀を習い憶えて楽しかったのですが、本来、僕は早寝早起き型なので辛かったです。

それに夜中に体がかゆいので目を覚ますと皆さん飛び起きて、布団の上の南京虫を慣れた手つきでつぶしていました。いや〜まいりました。

初めてのデート

その夏、一人で初めて大阪水都祭の花火を見に行きました、帰りのバスは超満員で身動きとれず暑くて息苦しく若い人でいっぱいでした。向かい合わせた女の子にバスが揺れた時、「すみません」と声かけたのがきっかけで話すようになり、緑橋の少し手前、鴫野で彼女が下りるので一緒に降りました。その時は、バス停で立ち話をしただけで連絡先を聞いて帰り、一週間後電話して初めてデートをしました。

鴫野にも映画館があり、橋幸男の「恋をするなら」を見に行きました。つぎに須磨浦公園へ行った時はバスケットに弁当を作り持って来てくれました。

彼女は緑橋の中央帽子㈱で働いていたので、デートの時はいつもお洒落な帽子をかぶっていました。

仕事が終わると緑橋で待ち合わせて、大阪城への散歩がデートコースになり、いつもたわいもない話をしながらの散歩、僕は通う度に大阪城が好きになりいつの日か必ず「大阪城に表札」をかけると宣言しました。

大阪城からの帰り、森ノ宮公園で夕立に降られ屋根付きのベンチで雨宿りしている時にどちらからともなく初めての……表現できない感動がありました。

いつの間にか正月も過ぎて、僕は彼女ができるとどうしても守口で初めて言われた「朝鮮人」が気になり本名が名のれず、きれいごとではではなく彼女の将来にも責任が持てないと思い、また好きになるほど身を引くことを真剣に考えていました。

現実問題として、僕は韓国人で長男、田舎には将来面倒を見なければならない親兄弟、日本人の女性と結婚する事は絶対出来ないと自覚していました。

そんな時、実鍍金工業所に先にきて先に辞めた鶴長君から電話があり、いい就職先を見つけたから行こうと誘われてまた一緒に行くことにしました。

丁度一年、お世話になり社長や皆さんに挨拶して退社しました。

三度目の正直

大阪に就職して四年が過ぎ十九歳、仕事は塗装工、職種を変えず職人になれば給料も上がると考えていました。今度の会社は河内（東大阪市）菱江にある従業員十五人位の布施から移転して、新工場を建てたばかりの田川塗装工業所、大手メーカーのミシンの協力工場で、一緒に面接した鶴長君は別の会社に紹介されて行きました。

一九六六年（昭和四十一年）四月三日入社、社長は会った瞬間、僕が気に入ったそうです。

社長も在日で二回り年上、長男が僕と同年、二男二女の子供さんが居て、ふと三度目の正直と思えて一生懸命働き会社を儲けさせれば何か助けて貰えるような気がして一生懸命働きました。

寮生活も四国、九州、勿論大阪の人達もいて皆元気の塊、燃えていました。

仕事は朝八時から毎日残業、早くても夜八時まで、ただ土曜日は五時に終わる事もあり、仕事が終わると個々に遊びに行き午前様。

先輩の一人に、加来さんがいて下関の国鉄に勤務していた時、競艇とダンスに夢中になり下関から小倉まで足を延ばしていた頃に、石原裕次郎似の全国区コンテストがあり知り合いが勝手に応募して全国三位、遊びが過ぎて借金が膨らみ身動き取れず退職金で支払い、大阪へ流れて来たと話していました。

本当に競艇が大好きで、住之江競艇場に一緒に行った帰りに布施のバーで飲んでいると、下関から流れて来たお姉さんが加来さんの知り合い、武勇伝を話してくれました。

又、ある時は上六で飲んでから新世界へ、飛田の店では大喧嘩、なんとか話をつけて加来さんを旅館に寝かせ、天王寺から始発に乗り出発するまでにいつの間にか座席で横になり、電車の揺れで目覚めたら、他の乗客が目の前にずらりと立っていました。

又、酒の飲み方や遊び方、責任の取り方などを色々話す中で、加来さんが常に言っていたことはどんな美味しいものでも身になる物とならない物がある、仕分けするのも大事だと話していました。

自己破滅型でしたが好きでした。

大塚さん

年配の大塚さんは寡黙な人で、思慮深く近寄りがたく感じていましたが、ある日突然映画に行こうと誘われ、梅田の映画館で「駅馬車」を見ました。映画館を出ると僕は行く所があるから一人で帰りなさいと、千円を手渡されました。

それから後も、大塚さんは僕を連れてカレーライス専門店や喫茶店へ行き、コーヒーや紅茶メーカーの説明、飲む時は香り、素のまま、砂糖を入れて、一杯をゆっくり三度味わいなさいなどと教えてくれました。

又、奈良学園前の大和文華館や、桜ノ宮の藤田美術館へも行きなさい、美術館で何を見て来たと問われて、抹茶椀の赤のんこうと長十郎の話をすると、それは良いものを見たと言われました。

二十一歳の時、ゴールデンウイークに熊野新宮の湯の峰温泉へ誘われ、また一緒に近鉄奈良駅から奈良交通のバスで五条経由、途中からは地道で道は細く十津川への道は奈良の秘境と言われ、湯の峰まで七時間、着いた夜から雨が降り出し朝にはバスを出すか止めるか会社と情報交換していましたが、出発することになりました。雨はだんだん激しくなり全山すべて滝となり、十津川は濁流となりこのときの景色は壮観の一語でした。

僕一人興奮して、バスの中を前に後ろへ凄い凄いを連発、湯泉地温泉近くの橋まで来て対岸を見たら山崩れ、振りむけば今来た道も山崩れ、橋の上でバスを止めて降りると足のくるぶしまで水が流れていました。

わき道から湯泉地温泉へ行き避難しました。二日目は快晴、道路は全て通行止め、昨日の天気は一体何だったのかと思わす新緑薫風のなか、同年代の男女三人を誘い散歩、僕は浴衣の帯を解き羽織った浴衣は風になびき、パンツも脱いでスッポンポン、風の心地良さを満喫しました。

三日目に通行止めは解除、迎えのバス待ち場所まで歩いて山越へ、やっと帰りましたが、大塚さんは二人そろって会社を休んだ事を社長に謝ってくれました。

大塚さんのことは常々よくわかりませんが、安井道頓の血筋の人で道頓堀の一部が道路になったので遺産が入るなどと話していたそうですが、僕自身は聞いたことがありませんでした。

されど青春

一九六七年（昭和四十二年）夏、僕は二十一歳になっていました。一緒に働いていたヤン君は体重が八〇キロ以上あり、色黒でいつも黒いサングラスをかけ、一見、混血かなと思わすような風貌でした。

仕事場では、無口で誰ともあまり付き合わず、有り余るエネルギーを常に押し殺している感じでした。ある日突然、小豆島へ二泊三日で行かないかと誘いがあり、予約と手配は自分がするので費用二万円先渡しで行くことになりました。神戸から坂手港へ、船中、ヤン君から女の子を何人引っかけるか競争しようと持ちかけられて了解、名前と連絡場所を聞けたら数えることにして、小豆島へ着いた昼頃からそのまま海水浴場へ行き、ナンパを始め一泊目は坂手の民宿で泊まり、二日目は土庄へ、泳ぐことより女の子ばかり探していました。

二日目の夜は明日帰るので残金に余裕があり一杯飲みに行く話になりました。日暮れて近くの小さなバーへ入りましたが客は少なく貸し切り状態、勝手に飲んで勝手に盛り上がって、時間も過ぎ帰り支度、僕に付いていた姉さんが、初恋の彼氏に似て懐かしいから泊りに来てと、誘われましたがヤン君に一人で帰れと言われず、格好つけて断りました。

三日目の夕方帰りの船で、お互いの女の子のアドレスを数えると、ヤン君が十人、僕が十一人バーの姉さんを足したら十二人、僕の勝ち「あっ二十四の瞳」でした。

小豆島から帰って、ヤン君の家に遊びに行き部屋に入ると、初めて見るドラムがセットされてあり部屋は防音になっていました。十八歳から夜はミナミのクラブでドラムをたいているといって叩きだし、ドラムの音もヤン君の迫力にも圧倒され僕にも練習させてくれましたが、両手両足バラバラでリズムをとり演奏する感覚にはとてもまねはできないなと思いました。

家業は、京都太秦の東映に撮影機材を納品しているが後を継ぐ気はなく、東京へ出て本格的にドラマーで身を立てたいと真面目にそして真剣に夢を語っていました。

六万寺に家を買う

二十一歳の時、田川社長にお金を貸してほしいと頼みにいきました。何に使うのかと聞かれたので、田舎の親兄弟と住むために家が欲しいと話し即答で了解してもらい家を探し始めました。

父ちゃんが常々話すことは、「家は低い場所は駄目、家族は離れたらあかん」でした。

場所は東大阪の瓢箪山に決め、駅を出て南側の商店街を出た初めての不動屋さんに事情をに行きました。

説明して探してもらいました。数日して、要望していた条件の二軒を勧められ田川社長と見に行きました。

一九六七年（昭和四二年）、枚岡市（現東大阪市）六万寺に中古の二階建て長屋の端の家を買いました。間取りは一階が玄関と台所二畳、風呂、六畳一間と押し入れトイレ、トイレの横に少しの空き地があり、二階は六畳と床の間、三畳と押し入れ、小さなベランダ、土地は借地で十二、五坪でした。

少し狭いので不動屋さんに話して増改築の了解をとり、社長の知り合いの大工さんに頼み、一階のトイレの横にハンメの二畳の部屋と二階のベランダを三畳に改築。

代金は全部で二百十五万円、田川社長に借りて支払い、僕は借金の返済については何の考えも計画もありませんでした。親にはまだ相談してなかったので急いで田舎に帰り、大阪に家を買ったので皆で引っ越して来てと話しました。

丁度その頃、山口県の宇部で、姉が中卒後奉公をして辞めてからも親戚付き合いをしていた在日の国本さんから、宇部に引っ越しの受け入れ準備をしている話があり、僕はその足で、宇部の国本さんの会社に行って今まで僕の知らない長い間、親戚付き合いのつもりで色々な援助を受け、子供同士も泊りに行き来していたことなど聞かされました。

「長い間本当にお世話になりました」とお礼を言って又、将来の事を話して何とか許してもらい両親に説明して、秋の収穫の後大阪に引っ越して来ることにして、大阪に戻り田川社長に報告しました。

就職後、二回目の同窓会に帰った昨年、同級生の田中君に秋吉台に行った事がないことを話すと初めての秋芳洞へ案内してくれました。

今回、鍛冶屋河内に帰った時、ここへ戻る事はないと思い、男兄弟五人でふたたび秋芳洞へ行きました。

家族みんなで

姉が結婚して大阪の門真に妹も就職して姉の近くにいました。六万寺の家は築八年で部屋の壁が少し汚れていました。予算も無いので綿壁の材料やコテを買ってきて、休みの日は義兄と妹に手伝ってもらい、素人三人で塗りなおした壁は少しデコボコになりました。

一九六七年（昭和四十二年）十一月十一日に引っ越しの行事をして家族を迎える準備を始め一九六八年（昭和四十三年）四月、新学期に合わせて良くても悪くても二十五年間住み慣れた山口県宇部市小野区字鍛冶屋河内から、全財産を一屯トラック一台に米、布団、鍋釜、荷物、石臼にいたるまで積んで父ちゃんはトラックの助主席に乗せてもらい、ハンメや母ちゃん弟達は電車で大阪の六万寺へ引っ越してきました。

ハンメ七十四歳、父ちゃん五十四歳、母ちゃん四十八歳、僕が二十二歳、勝美十九歳、英雄十六歳、辰夫十三歳・双子の忠夫、武夫九歳、家族九人が初めて一緒に住み、新しい生活が始まり一階の六畳間に父ちゃんと母ちゃん、奥の二畳間にハンメが寝て、二階の三畳の間は妹、六畳間に男兄弟五人で寝ました。

男兄弟五人が一緒に寝るようになり、思い付きで晩御飯がすんだあと弟達に提案、四条畷の戦いで楠正行の本陣になった「往生院六萬寺」が裏山なので、木刀を持って一キロ弱の直線で急勾配な上り坂を歩きお寺近くで、大阪のポツポツついている白いあかりの夜景を見ながら交代で素振りをしました。初めは面白がっていましたが、僕自身もしんどくなり行く回数も減りいつの間にか立ち消えになりました。

母ちゃんが一番喜んだのは、スイッチ一つで電気もガスもついたり消えたり風呂も沸くことで、後は仕事だけすればよいので本当に喜んでくれました。

母ちゃんは家の近所の田中電器にパートで働きに行き、馴れない仕事で指を詰めた時には会社に言わずテープを巻いたまま、機械に髪の毛を巻き込まれた時もタオルで坊主頭をかくしたまま仕事を続けていました。

父ちゃんはどうやって見つけたのか枚岡の土建屋、杉山組で働きに自転車で通うようになりました。

社長へ借金の返済は月々二万円、給料からの天引きでした、さっそく社長に呼ばれて何かなと思ったら、弟が中学卒業したからこの会社で働かせなさいと言われて、でも僕は弟を同じ会社で働かす気持ちは無かったので、社長にはっきり弟はその気が無いのでと断り、借金は僕一人の責任ですから一生懸命働きますと話し了解していただきました。

給料日には、僕も妹も弟も父ちゃんに全部渡してから小遣いをもらいました。

これでやっと家族で力を合わせれば、少しは世間並みの生活ができるかなと思いました。

めざめの季節

僕も二十二歳になり、家族も一緒に住みはじめて一段落、すると気がゆるみ、抑圧されていたマグマが噴き出して、有り余るエネルギーの使い道が分からず、悶々とした日々を過ごすようになっていました。夏になり、枚岡の盆踊りにぶらりと行きました。そこに仲良し母子で来ていた十八歳の朱美さんと出逢い、朱美さんのお母さんの勧めで電話番号を交換しました。

それからすぐに付き合いが始まり、朱美さんの一途な気持ちと色気に惹かれ、勢いだけで交際が始まり時間があれば会い、一緒に住もう、養ってあげると言われ又、ここでまた国籍が頭をよぎり、別れるのは「いややーいややー」と泣き叫ぶ朱美さんを振り切ってしまいました。

一人になると寂しく、友人の紹介で四国出身の色白で八重歯の可愛い真子さんを紹介してもらい真子さんは寮生活、連絡するとためらわず何時でも何処でも飛んできてくれました。合う度に門限をやぶらせ朝帰りが続きました。

ある日突然、真子さんに呼び出され会って話を聞くと、理由は言わずとにかく田舎に帰ると言う、いつもの旅館で泊まりましたが二人とも持ち金が無いので、僕の腕時計を置いて帰りました。

その後、真子さんからの連絡はぷっつり途絶えました。

二年近く過ぎたある日、突然、真子さんから連絡がありこれが最後になりました。

それでもこりずに、神戸の元町で知り合った智子さんと淡路島の岩屋に泳ぎに行きました。

僕の泳ぐ形は、かっこよくはないけど持久力だけは変に自信があり、智子さんと会話しながら泳ぎふと気が付けばかなり陸から離れ潮に流され内心は焦ってきました。

二人とも浮袋は持たず素泳ぎでした。その時、智子さんが言うには大丈夫ゆっくり行きましょうと、平泳ぎで潮目を見ながらゆっくりと流れの遅い方へとかなり泳ぎぶじ陸地に着きほっとしました。

後で聞くと学生時代は水泳部のキャプテンで、なーるほど、どうりで立派な体だと納得しました。

相合傘の思い出

京都で知り合った歌さんとは祇園祭の夕、十条大宮の歌さん宅で浴衣に着がえて宵宮見物へ行きました。ぶらぶら歩きながら山鉾や町屋の中など色々と説明してもらい、途中で線香花火を買い八坂神社の境内で花火をしました。日本人になったような気がしました。

その頃は会社も忙しく、残業も夜九時十時はざらで無性に会いたい時には五時に用事があると抜け出しバイクを飛ばし歌さんと逢ってとんぼがえり、そのまま残業した事もありました。

そんな二人でも、やっぱり別れる時が来ました。最後のデートは奈良公園でした。

歌さんも別れを感じていましたが、お互いに切り出せなく重苦しい空気のまま、時間だけが過ぎていきました。

その日歌さんは京都に帰るので早く話そうと思いながらも、目的もなくぶらぶらしているうちに雨が降りだし日は暮れてきました。

興福寺の石段、五十二段を一歩ずつ一歩ずつ下り猿沢の池のほとり、お店の横にある柳の木の傍で立ち尽くし、柳の枝を伝い池に落ちるしずく、ネオンの薄明かり、映る波紋を無言で眺めていました。

ぎこちない相合傘の中で、やっとの思いで「帰ろう」と言って奈良駅へ、歌さんは京都行の電車、僕は大阪行きの電車に乗りました。最後まで「さよなら」は言えませんでした。

西大寺までの間で、電車が平行しての走行中に予想もしなかった偶然に、歌さんが見え乗降口に立ち十数秒の間僕と目線が会い、瞬間全てが一点アップになりましたが、京都行もゆっくり走り去り景色も音も元に戻りました。

みじかいあいだでしたが週末は京都、奈良、大阪の彼女とデート。青空の下、今にもはじけそうな真っ赤な唐辛子みたいな感覚でした。

何度も同じことを繰り返す自分が嫌になり、ある夏の週末、仕事が終わりバイク（九十CC）で京都へ行きました。（まだ歌さんに未練が……）真夜中、鴨川の河原には夕涼みの人達がちらほら散歩中、飴細工の夜店でお店帰りの着物美人のお姉さん達に声かけられて、何処から来たのと聞かれ大阪、どこ行くのに思わず能登半島方面へと言ってしまいました。

そのあと夜通し走り、あくる日能登への道中食堂で輪島の実家に帰る人に又、どこまで行くのかと聞かれて、能登半島の先までと返事すると、輪島に帰るから寄って行くかと誘われ同行、昼過ぎにその人の実家に着くとお母さんから昼寝して行きなさいと、奥の涼しい庭つきの大広間で寝かせてくれて、十五時過ぎに目覚めお礼を言って奥能登へ向かいました。

あくる年も次の年も能登半島へ、輪島に寄りお礼を言おうと尋ねましたが、必死に探してもお世話になった家が見つからず、住所も名前も聞かずじまいに出発したままの自分を後悔しました。

突然顔を

その日は、珍しく母ちゃんと二階の六畳間に二人きりでした。雨だれが屋根の樋を伝い、ポタポタと落ちる不規則な音に、霧雨が降り、裏の溝に落ちているなと感じていました。

母ちゃんが窓際に座り縫い物をしている横で、僕は寝そべって甘え話かけても返事はなく、相手にしてもらえずグズグズ言っていたら、突然、顔を殴られました。

瞬間、何も分からず少しすると鼻に温かいものを感じ指を持っていくと鼻血がでていました。起き上がり下の台所へ顔を洗いに行き鼻血が止まるまで顔を上げ、父ちゃんの煙草の煙ですすけた真っ黒な天井をじーっと見上げていましたが何も考えられず、血が止まったので二階へ上がりましたが、母ちゃんは黙って階段を降りて行きました。

それから幾日か、母ちゃんとなるべく顔を合わさず話すこともなく、家に帰っても無言で、理由もわからず空しく今日まで想像した事すらなかっただけに、感じたことのない寂しさが込み上げ、うつろな日が過ぎていきました。

旅帰りの人

今思い出せばこの頃だったかな、父ちゃんも大阪に慣れてまだ昔の仲間が住んでいるらしいと新潟へ仕事探しに行き、二～三日過ぎた夕方に見知らぬ男の人を連れて帰ってきました。

その人は、黒い服装で肌の色黒く体重八十キロ以上あり坊主頭で身長一七〇㎝くらい四〇歳前後、雰囲気は悪役俳優、新潟の帰りに列車の中で向かい合わせに座り話を聞くと最近「塀の中から出て」行くあてが無いと言うので、父ちゃんはほっとけず連れて来たそうです。

その晩は一緒にご飯を食べ狭い部屋でごろ寝して、あくる日父ちゃんが前に働いていた枚岡の土建業杉山組へ紹介し二日後に住み込みの就職が決まりました。

その人は杉山組で働くうちに、近所のお好み焼屋さんで知り合った女性のアパートで一緒に住むようになり、僕に紹介すると言うのでそのアパートを訪ねました。会った印象は似合いのカップルでした。三～四年後、外環状線（一七〇号）沿いの四條畷に焼肉屋をオープンしたと連絡があったので行って見ると、駐車場もありお店も思ったより広く立派でした。

見合い話

人生はいいことばかりは続かない、弟達も成長するとそれぞれの個性からか運命を背負っているなと思いました。英雄は迷惑かけないけど自分の世界にひたっていつのまにか、真っ赤なスポーツカーを買い、僕は社長から借金が残っているのに先に金を返せと怒られました。辰夫は兄弟で初めて高校に入学したのに単車事故、被害者のおばあさんが入院、勝美が会社を辞めて二ヶ月間病院で泊まり込み付き添い看病することになりました。病院代がないので被害者本人の保険を使わせてもらい、完治後分割で支払いました。示談も親には知らせず分割で支払い解決しました。

僕から兄弟への注文は、「自分の事は自分でやれ」「親に迷惑や心配はさせるな」また何があっても絶対「親には言うな」が鉄則でした。

気が付けば僕も二十五歳。父ちゃんも母ちゃんも僕が長男なので、早く結婚させたくて、お金もないのに同居してすぐ二十二歳から嫁探しを始めました。条件は韓国籍、凄いな～と思ったのは、昔の在日の知り合いを伝手に東京から神戸市長田区まで、また保険の外交員にも声かけて見合い相手を探してくれました。

僕は嫁への条件は長男なのでこれから先、弟達の嫁に貫録負けしない体格がよいことだけ、探せば居るものでよくもまあー、僕みたいな者でも見合い話が来るものだなと。

その頃の僕はまだ真剣に結婚する気はなく、見合いをして付き合いお互いの気が合えば、結婚したらいい程度に簡単に考えていましたが、デートして本人同士は気に入っても必ず後で断られ、僕は結婚条件が悪いので仕方ないと覚悟はしていましたが、だんだん情けなくなってきました。

自分の立場をよく考えて見ると小さな町工場務めで安月給、将来の見込みがない家族構成も両親とハンメ兄弟七人の長男、住んでいる家は長屋、嫁に行けば苦労が目に見えている、立場が代われば僕が親でも反対するだろうなと思っていました。

いもうとの結婚

勝美も二十三歳になり、義兄のおじさんの紹介で見合いをして、僕は勝美に相談を受け相手にも会い嫌な所がなければ受けたらとすすめて結婚が決まりました。

結婚資金は社長に借り、電化製品一式は友達の山ちゃんが経営していた電気店で、ある時払いで借り荷物もそろえて結婚式も無事済ませました。

勝美が嫁ぐ朝、枕元にきて「お嫁に行くね」と言われた時は、勝美が中卒で大阪に就職してから両親が田舎から上がって来るまで三年間、姉に任せたまま二人で奈良公園、大阪城へ花見に行ったことを思い出し「ああ」と返事をしただけでした。

僕も真剣に結婚を考えるようになっていた時、田川社長に呼び出され会社の借金も全て終わったので「長男の正夫と二人で会社をやっていけ」と言われました。

僕が田川塗装へ入社した時は、会社は借金をして新工場を建てたばかりでした。その後三階建ての自宅、白いクラウンのスポーツタイプを乗り回しゴルフ三昧、また第二工場も建て借金が済んだので楽隠居するのかなと思いました。

僕もその当時、仕事にも自信があり吹き付け塗装をしている時、噴霧状の塗料一粒一粒が製品に付着するのが見えて感動、塗装の大会があれば絶対優勝すると思っていました。

社長の長男とも同年、遊ぶ時はあだ名で呼びあいアイビールックで揃いのコートを作り、喫茶店を仲間のたまり場にし、又、東京の新宿で下駄を鳴らして歩こうと一緒に夜間飛行で行ったこともあるほどでしたが、仕事になると気が合わず喧嘩になり工場の裏で二人きりで殴り合いになり、その後正夫は東京へ出ていきました。

思い起こせば、正夫とは他にも色々な思い出がありました。地元のやんちゃな山ちゃんや連れと五人で友ヶ島へ泳ぎに行った時は、台風の通り過ぎた後で波は高く「助けてー」の女の子の叫び声、みると男の人が沖で溺れていたので、聞くと同時に三人で浮き輪をもって走り、助け上げて浜にあがると三人共、足は台風の余波で転がる石に打たれ傷だらけでした。

悲しい別れ

その後、社長の長女奈美さんと結婚を意識して付き合うようになりました。社長も暗に認めてお前たちはいつも一緒に「風邪ひいているな」とか色々冗談を言い、父ちゃんに酒を買ってあげなさいと、時々気を使っては一万円を手渡してくれました。

奈美さんのリードでデートコースは百貨店の家具や寝具売り場のコーナーがセットになっていて、嬉しさもありましたが恥ずかしく照れくささもありました。

そんな中、奈美さんは僕のプロポーズを待っているのは分かっていましたが、会う度に、今度こそはと思いましたが、どうしてもプロポーズは出来ずに、ある夜、デートの帰り、家の近くまで送って来た時、奈美さんも雰囲気で感じたらしく「もうだめですね」と小さな声で呟くと同時にわっと泣き胸に飛び込んで来ました。

僕は肩を抱いたまま泣き止むのを待つしかなく、しばらくして泣き止むと振り向かず、うつむいて自宅へとゆっくり帰る後姿を見送っていました。そして、僕の「青春は終わったな」と思いました。

そのあと記憶が途切れ、気が付くと布施新地の愛染小路の小料理屋のお店のカウンターに座っていました。酒をあおり酔いつぶれて女将さんに慰められ情けなく、夜更けの帰り道、思い出すことは色々ありましたが、僕の片思いで始まりいつの間にか心底惚れていたなと……奈美さんは、それからすぐに見合いをして嫁いでいきました。

別れてみると未練がつのり、僕の家にも遊びに来て親にも会い、妹にも姉ちゃんと呼びなさいと言って一緒に晩御飯を食べて帰ったこともありました。

後日、奈美さんの妹に、兄ちゃん、なぜ姉ちゃんと一緒になれへんかったんと聞かれた時は、「大事に考え過ぎたかな」と無意識に答えていました。

僕の思いは、奈美さんと結婚したら親が肩身の狭い思いをする、弟達を田川塗装で働かせる事になる、この二つがどうしても頭から離れなかったことで僕は勇気がないなと思いました。

一人旅に出る

奈美さんと別れたのは年末でしたので気持ちを切り替えるため、ボーナスから初めて父ちゃんに内緒で三万円と小使い二万円を持って正月休みを利用し、四国から九州へ一人旅の夜行列車に乗りました。

香川県屋島の早朝は無人でした、栗林公園、金毘羅さん、土佐の桂浜の坂本龍馬像の前で記念写真を撮り、太平洋を眺めて土佐御免へ、停車中の電車内で向かいの席に座った女子高生の顔に西日が当たり、産毛が金色に光り観音様のようでした。

翌日は足摺岬から、龍串し見残し島、宇和島、松山城を見学してから松山港で泊った木賃宿は大部屋。

桂浜での記念写真（25歳）

翌朝別府港へ、風がきつく船が風で押し戻されて中々岸壁に着くことが出来ませんでした。

宮崎県の青島から鹿児島へ、列車の窓から初めて桜島が見えた時、ああ西郷隆盛が出るはずだと感じました。錦江湾越しに桜島を見ると気持ちがゆったり落ち着きました。桜島の噴煙に合わせて、大きく息を吐きだし、その夜は指宿のユースホステルで泊り、夜食の後の懇談会が面白く、同宿者の明日の行先、今日まわって来た場所等、お互いの情報交換で大いに盛り上がりました。

その時、京都から来ていた花園女子大生二人と男子大生に声かけて、明日朝一番に開聞岳に登りに行こうと約束をしました。

その日は、快晴、気分は爽快、途中残雪があり「止めよう」を押し切って、一気に頂上へ、眼下に池田湖を眺め感動、他の登坂者はおらず景色を貸し切り、登山の満足感を共有、連絡先を交換しあい京都で再会を約束して下山、それぞれの思いへ旅立ました。

次の日は、熊本城から天草を巡り三角の国鉄の駅前旅館で泊り、朝一番の三角港からの船は小さく、後部には日の丸の旗が風に吹かれてパタパタとなびいていました。

長崎県雲仙にわたり、長崎は大浦天主堂と平和公園に行き、その後九十九島巡り、虹の松原へ行くつもりでしたがお金も時間もなくなり、又、いつの日か必ず虹の松原へ来ると念じて、長崎から夜行列車に乗りました。

長男の宿命

サークルで出会った、ミニスカートがよく似合う夏子さんは、会える数少ない時間を何とか合わせて逢いに来る、一途な純粋さにいつも押し切られていました。

光代さんとは奈良の興福寺の薪能へ一緒に行き、姉さんを紹介してくれましたが以前、聞いた肩書のある厳格な父親に、国籍で反対されるのは目に見えていましたので話し合い別れました。

その後すぐ、親の勧めで見合いをして結婚、その後も何度か電話のやりとりをしましたがお互い忙しくなり、よい思い出だけが残りました。

その頃、仕事が終ると事務所の隣が更衣室、時々ズボンのポケットに小さなメモが入っていました。

年上の事務員さんからで時々優しい励ましのメッセージに心ひかれ、帰りに更衣室に入る時はいつもわくわく、メモのない時は少しがっかりしていました。その人はやがて会社を辞めて梅田の料理学校へ行きお店を始めました。ああ、女の人でも独立して商売できるのだなと思いました。

恋か欲望か理由もなく成り行きで付き合い、振って振られていつしか僕と付き合った娘は別れた後すぐ結婚できる、そして幸せになると言う噂がひろがっていました。

それはそれで今まで付き合った結婚前の彼女たちは、僕の優柔不断で中途半端な国籍へのこだわりや家族構成、将来への見込みなさなどで別れたのかなと思います。

だけど僕は長男、結婚はやっぱり両親の願望と同意が絶対だと思っていました。集団就職で大坂に就職し、二十二歳で家族と同居してからも、本音で相談する人もなく何かあっても即断即決、甲斐性が無いために事あるごとに頭を下げ謝るか、お願いばかりすることへの情けなさに、イライラがつのり瞬間湯沸かしどころか、右向いて左を見たら爆発している時代があり、僕はそんな時、知らず知らずに彼女たちに甘え癒されやすらぎを求めていました。

そして、無口で辛抱強く愚痴らない小春さんと付き合い、若いがゆえの過ちや別れ話を小春の兄さんが知り、「何とか結婚できないか」と家に来て父ちゃんと話しあい帰った後、父ちゃんに言われた一言……「お前にも欠点があったのか」と。

酒もおぼえ煙草も?

思い起こせば、集団就職で大阪に来て守口で三年、緑橋で一年、若江岩田の会社で十一年半、少しは大阪も世間にもなれてからの青春、恋愛・山口県から引っ越して来た家族との生活弟妹の成長・事故・裁判・挫折とそれ相応に経験してきた気がします。

そんな中、時々思うことは天涯孤独なら、時間もお金も自由に使えるのになぁ〜と思った時期もありました。

二十二歳から親と同居、瓢箪山駅から若江岩田駅で下車、駅から会社への通勤道中、毎朝出会う女子高生の加代としぜんに挨拶を交わすようになり、加代が高校卒業後、銀行に就職してから付き合いが始まり、中の島にデートの時はバラが満開で僕が赤いバラはどぎついから嫌いだと言えば加代は黄色のバラが嫌いと言う。後日聞くと黄色のバラは花言葉がジェラシーだと、またある日一人で留守番だから家に遊びに来てと誘われ、家に行ったこともありました。

会社で休み時間や休日には卓球・バトミントンなどもそれぞれに楽しく、又、社長の甥っ子の兄弟が一緒に働いていて野球が大好き、会社で軟式野球のチームを作りユニホームを揃えて淀川の河川敷に行き練習、対戦相手を探して試合を申し込み、僕も肩は強く速球も遠投もコントロールは特に自信があり、でも仕事での酷使で肩を壊してボールが投げられなくなり、チームもいつの間にか解散しました。

その頃、会社で僕も大人の仲間入り、三千円あれば布施の桜通りスナックやバーに行き、酒を覚えタバコは気管が弱くむせて吸えないのにお店の姉さんに口移しで飲まされ、はしごで次の店のドアを開けるとバーブ佐竹の「女心のうた」がよく流れていました。

時々、ひとりぶらりと梅田の阪急東通りの洋酒喫茶で飲み、天満駅のベンチで寝て朝帰りしたことも。

またある時は梅田で朝まで飲んでぶらぶら歩き、中の島まで来たときにホームレスのおじさんに朝飯を食べて行きなさいと誘われてついていったこともありました。

今日はいいのが入ったからご馳走だと、魚を三枚におろした後の背骨を錆びて刃の欠けた包丁で削り、ミンチみたいな刺身をご馳走になりましたが見た目よりぐっと美味しかったです。

いざ結婚

盆休みが来て、田川塗装で一緒に働き先に辞めた銀兄に盆休みを利用して当てなしの旅に行こうと誘われ佐渡まで行きました。銀兄は離婚して個人でスクラップ業をしていました。

当てなしの旅なので佐渡へ行く道中、知り合った看護学校の女生徒三人と同行して、旅館に着き交渉したら空き部屋が無いと言われ、三人と相談して相部屋にしてもらいました。

食後、散歩に出ると夜空は満天の星、磯では海蛍、遠くに聞こえる佐渡おけさ、今まで見たことも体感したことも無い景色、この感動は一生忘れられないだろうなと思いました。

あくる日は佐渡で三人と行動を共にして小木港から新潟県直江津まで一緒、三人は三重県の津から来ていたので連絡先だけ聞いて別れ、後日、奈良でツーカップル一緒に会い、毎週土曜日に遊びに来て泊り日曜日に帰ることが続きました。

年月だけが過ぎ、結婚を考え振り返ると見合いも五十回はとっくに越え、もう誰でもいいから結婚しようと思っている時、妹の嫁ぎ先の義父が胃がんで危篤状態になりました。

妹が結婚する時に、いつも一緒に色々段取りを進めてきた過程で僕の事を気に入り、いつも兄さんが結婚する時は絶対出席するからとか楽しみにしているとか、会うたびに言われていたので今度こそ次に見合いした相手と結婚すると決め、僕も二十七歳になり九月二日に見合いをした白洋子を一生懸命、今度こそ本当に真面目に口説きました。

しかし妹の義父は見舞いに行くと癌の痛みに耐えられずモルヒネ治療の段階、その二日後に奥さんに言って管を外してくれと頼み、先生と相談して見送ったそうです。

僕の嫁さんを楽しみにしていたのに顔を見せてあげられなかった事は残念でしたが、僕の結婚を決断させてくれたのだなと後からしみじみ思いました。

白洋子は僕の第一条件、韓国人で貫録は十分、今度見合いした相手とはかならず結婚すると決めていたので、僕の悪条件を未来の夢に託す事でついに婚約までこぎつきました。

新婚旅行

一九七四年（昭和四十九年）二月三日結婚式、新婚旅行は九州への三泊四日。初日は大分別府鉄輪温泉で泊り、観光は地獄巡り（気が付かず）から始まりました。

トヨタマークⅡ（レンタカー）でドライブ、熊本県阿蘇の中岳は夕方に着き最終でロープウェイに乗り添乗員と三人、貸し切りでした。

その日は阿蘇で泊り、次の日は熊本へ中九州縦断ドライブ、熊本城や水前寺公園を見学して泊りあくる日は天草四郎ゆかりの地へ、土砂降りでしたが予定のままに見学して戻ると車のキーがないエンジンをかけたままドアをロックしていました。仕方ないので、運転席の右前の三角窓を石で割りドアを開けて乗り、後は熊本空港へ直行、帰るだけでした。

しかし、空港でレンタカーを返す時に三角窓を割った説明をしていたら、賠償金がどうだとか修理代がどうとか、車の修理期間の保証がいるとか、話のやりとりの中で借りるときの保険などの説明に納得できず、飛行機の出発時間はせまるしとうとうぶち切れ空港ロビーで怒鳴ってしまいました。「大阪へいつでも取りに来い」と捨て台詞を残し、嫁さんをうながし飛行機に乗り込みました。

最終日のちょっとしたミスから始まり、本当は楽しいはずの新婚旅行が気まずいまま、二人ともほとんど口もきかず帰り後でほとぼりが冷めて聞くと、気の短い人と一緒になったなと少し後悔したそうです。

結婚前、親父さんは男兄弟六人の次男、洋子は兄二人弟二人人の真ん中、男社会で育った一人娘、親族から初めてだす嫁だからと、叔父さん達に引き合わされました。叔父さん達も兄弟も、体格がよく飲むと平気で一升酒、負けられないと上着を脱ぎ付き合いました。

父ちゃんの還暦祝い。（満六十歳）

おかげで合格？　洋子は結婚を迷っていたけど、おばあさんと親父さんが僕を見込んで後押ししてくれたそうです。

一九七四年九月十日、父ちゃんは満六十歳、六万寺の家で数少ない身内に知人、家内の両親にも声掛けて集まってもらい、父ちゃんの還暦祝いをしました。

どん底生活の終わるまで

結婚前に住む所を探しましたが、不動産屋での条件が「日本国籍に限る」でした。

たまたまいつも一緒に遊んでいた銀兄に相談したら、布施の一杯飲み屋が不動産屋、管理物件が瓢箪山上六万寺にあると言う、実家から歩いて五分、紹介してもらい敷金十万返金無し家賃一万八千円、玄関台所で二畳、部屋は三畳六畳風呂トイレ付の文化住宅でした。

さあ〜新婚生活は始まりましたが結婚する時にまた会社でお金を借り、たのもし講おろして使ったので給料日に支払いするとお金がない。

一九七五年（昭和五十年）一月十七日、育美が生まれて、三月二十四日ハンメが八十一歳で亡くなりましたが葬式代がない。家内に実家や親戚に香典をなるべく多く包んでもらってくれと頼み、ハンメが亡くなった事よりも葬式が終わるまでお金の心配ばかりして、今度、親が死んだら大八車に積んで一人で山に行って燃やそうと、真剣に考えていました。

救いは入れ歯も無いハンメが、赤ん坊の育美を抱いてあやしていた笑顔が忘れられません。

僕は長男なので親兄弟を大阪に呼び寄せた時以来、お金を含めて何があっても全て僕に責任があると思い、法事だけでも年六回、先祖供養も受け継ぎました。

一九七六年（昭和五十一年）十二月二十四日に美幸が生まれ、いよいよどん底、何とかやりくりしていましたが三十一歳過ぎて、やっと借金が全て終わりました、同時に将来を考えたときの独立資本も相談できるところもなく、挫折感と虚脱感で芯から虚しさがこみ上げ、心にぽっかり穴があき、田川塗装で働く意欲もなくなりました。この頃会社は正夫が東京へ行って弟の隆夫が跡継ぎ社長となり僕は、退社を申し出ました。

田川塗装に努めて十一年半が過ぎ、退職金は三十万円でした、家内には二十万渡して十万で気晴らししましたが益々むなしくなり、加来さんも大塚さんも身寄りがいないので、僕が勝手に会社で面倒見なければと思っていましたが、僕が奈美さんと結婚しなかったので加来さんは退職し、大塚さんは研究して作った作業機械図面や会社の社訓や進路方針などの青写真を僕に手渡してみずから会社を去りました。

屑鉄業、「金沢商会」開業

銀兄が再婚する結婚式の前の晩は一緒に飲み、僕の家の六畳で弟達とごろ寝して、翌朝結婚式の会場へ一緒に行きました。銀兄は男兄弟五人の長男で家族それぞれがスクラップ業や資源再生の仕事をしていました。

会社を辞めて人生初めて目標も目的もなくなり自信喪失。そんな時いつもいっしょに遊んでいる銀兄が一緒に働くかと誘ってくれました。

しかし、いざ銀兄の所で働いても二家族が食べるだけの売り上げがない虚しさはつのるばかりでした。一年過ぎた頃、屑鉄屋で働くならいっそ自分で独立しようと考えました。

家内に残金はいくらあるかと聞いたら五十万くらいと言うので、まだ銀兄には言わず中古トラックを探し、三菱キャンター中古車二屯を三十五万で買い、このまま銀兄に甘えだらだらしていたら共倒れになるので独立して頑張ってみたいと話しました。

一九七八年（昭和五十三年）十一月十一日、こうしてトラック一台で屑鉄商「金沢商会」を始めましたが、僕の考えはつくづく甘いなあーと思いました。

大阪へ就職してから町工場で働き、寮住まい、親と同居、結婚してからも会社と家の往復で世間知らず、工場の人達以外とはほとんど話したこともなく、そんななかで名刺配りから始めましたが、一か月過ぎて得意先は一軒だけ、製品を作った後の廃材の引き取りは月に一度、時々、製品配達の仕事をもらうだけでした。

もうすぐ正月、残金もなくなりさてどうしたらいいかなと思っていたら、たまたま飛び込んだ会社は電気もつけず暗く声をかけたら奥から僕と同年代の男の人が出てきました。

名刺を渡して話を聞くと、鋳物工場の二代目社長、沖縄海洋博で一九七五年（昭和五十年）七月二十日〜一九七六年（昭和五十一年）一月十八日、オリジナル製品を作ったが売れずに倒産、その後、屑鉄商が何軒も来たけど気持ちの整理がつかず今日まで日延べしたそうです。

この人が今回、思い切って片付けるからお願いすると言ってくれました。

やりくり

工場の中は鋳物の山が何か所もあり真鍮もあって、社長と二人でバッカンつきのフォークリフトですくってはトラックに積みすくってはトラックに積み、僕は問屋さんへのとんぼ返りでした。

会社を倒産させた二代目社長は辛かったと思いますが、製品を片付ける事でふん切りがついたようでした。そしてもし屑鉄商を続けるなら道路に面した百坪ほどの土地を貸すと言ってくれましたが、まだ得意先一軒だけとは言えず気持ちだけは有難く受け取り、一週間で工場内の整理もできて僕のほうは内心これで正月がこせるなと一安心しました。

しかし正月明けたらまた仕事がない、今まで塗装の仕事一途、常にシンナーが漂う環境でしたから体重も五十二キロ小柄で色白、屑鉄商にしては見た目にひ弱で頼りないと思い、いつも鉄屑を納めている問屋の野埼商店へ頼み、製鋼所へ屑鉄を運ぶ大型トラックの運転手として、朝一回だけ配達させてもらう事を決めました。大型免許を取り朝四時に起きて泉大津の淀川製鋼所まで行き鉄屑を下ろして帰るといつも昼前という日課でした。

十屯トラックに積載オーバーは当たり前、夏のある日、堺東の交差点近くで後輪がパンクした時にはジャッキがアスファルトの地面にめり込んで、警察が来ないかとヒヤヒヤものでした。

朝が早く納品して帰ると昼頃、名刺を配る気力も落ちるので運転手を辞退してやはり本職の屑鉄商に専念することにしました。

外環状線（百七十号線）沿いの上六万寺に住んでいるので、中央環状線を越えると車が込むのが嫌で西方面は諦めて、外環状沿いから東方面（会社が少ない）へ行き暇な時はお寺や神社で昼寝をしていました。

また、ある時は新築の倉庫が目にとまり、名刺配りに寄ると眼の前に四tダンプで降ろした山なりのバラス（砕石）があり二人でスコップを持ち地ならししていました。先方の方に断られましたがそのまま立ち去る事が出来ず僕もスコップを持って行き、一緒に地ならしを手伝い遅い昼ご飯をご馳走になりました。

それでも得意先は一軒ずつ増えて商いも軌道に乗ってきました。

母ちゃんの里帰り

順番に卒業した末弟、忠夫武夫も高校を卒業して働くようになり、二十歳を過ぎてからも何があっても心配事は「絶対、親には言うな」と。これからは全て自己責任ほっとしました僕が結婚して家を出る時、借金は全て持って出たので実家は金銭的には少し余裕ができたと思います。

その頃、どこでどう調べたのか、母ちゃんが韓国の実家に電話をしたら母親が健在と分かり里帰りすることになりました。母ちゃんの姪が釜山空港の親戚のレストランで働いて居り、叔母の四十五年ぶりの里帰りとあって話題にもなり、母ちゃんが釜山空港へ着いたら大勢の新聞記者に囲まれ取材され、翌朝の朝刊一面にトップ大変だったようです。

父親はすでに亡くなっていましたが、母ちゃんの妹や弟が空港へ出迎えに来ていて、実家へ着くと親族一同が集まり大歓待してくれたそうです。後日、土産話を聞きながら本当によかったなと思いました。

家のローン

時過ぎて、仕事帰りに東大阪市鷹殿を通ったとき建売住宅があり、見学のつもりがついついお金も無いのに千八百五十万円で買ってしまいました。

手持ちは二百五十万、頭金は八百五十万、銀行ローンは一千万、さあー諸費用込みで二千万円はいるなと、義兄や友達に百万五十万単位で何とか七百五十万円を借り、一九八一年（昭和五十六年）十月三日登録、十一月十一日、入居しました。

同じ頃、ハンメが亡くなってから五年が過ぎ、遺骨を預けていたお寺のお坊さんから、いつまでお骨を置いとくつもりかと怒られました。

仕事の途中で、国道一六三号線の四条畷の清滝峠に新しくできた大黒天霊園に寄り、お寺の境内にある南向きの墓地を買いました。後日、父ちゃんを連れて行くと一目みて気に入ってくれたので、すぐ墓をたて、霊標にハラボジ（祖父）の戒名とハンメ（祖母）の納骨を済ませました。

そう言えば僕が鷹殿に家を買って、後々父ちゃんの住む予定の部屋を見せたら、こんな狭い部屋に閉じ込めるのかと言われたことを思い出し又、宿題が一つできたのもその頃でした。

わがルーツを求めて

一九八四年（昭和五九年）十月、僕にとっては初めての親の国への里帰り。父ちゃん母ちゃんと辰夫と四人で韓国へ、釜山空港に着き韓国の風に触れた時は、何とも言いようのない、ここが父ちゃんと母ちゃんの国かと思い、空気も風も日本と違うような気がして胸が熱くなりました。

父ちゃんの故郷に行き、道すがらあの山もこの田んぼも全部自分のものだと話し、遠縁のおじさんが先祖の墓（土葬）守をして草刈りなど綺麗に手入れされていたのも印象的でした。僕は日本の墓にハルベ（祖父）の名前を入れているのでお骨を持ち帰るのは無理だと思い墓土を持って帰りました。

そのおじさんは戦時中日本の教育を受けていたので日本語が話せ、夜、僕に話したい事があると言うので一緒に行くと、真っ暗な田園の中にポツンと一軒だけの居酒屋、へえ〜こんな田舎にも居酒屋はあるのだなと感心しました。

話は、父ちゃんの土地の名義が何故今そのおじさん名義になったかと説明がありました。

そのおじさん家は新築中で夜は、そのおじさん家で晩御飯を食べて近所の家で泊めて貰い、あくる日はそのおじさんも一緒に母ちゃんの実家に行きました。

母ちゃんの甥っ子は僕より四歳上、盧武鉉大統領の青年部に属して、父親の土地や遺産は相続したけれど、選挙に立候補して落選、それで無一文になったと笑っていました。

母ちゃんの弟も、以前裁判所の書記をしていたので日本語も話せて色々と韓国の事も身内

父ちゃんの故郷

韓国　先祖の墓参り

韓国　金海大橋で記念撮影

韓国の実家で母ちゃん妹達と踊る

の事情も説明してくれました。これで少しは本当の親孝行が出来たのかなと母ちゃんの実家で泊まったその晩に、ふっと思いました。

三男の辰夫は、韓国への思い込みが強く、父ちゃん母ちゃん姉ちゃんとその後また韓国へ行き、その当時は、お土産でも「バナナは持ち込み禁止」、を知らず空港の入管でバナナを取り上げられて、父ちゃんはカウンターを越えて入り大暴れしたと後で聞きました。

僕もその後、父ちゃん母ちゃん富子ねえちゃん家内と英雄と辰夫と韓国へ、二度目の韓国は少し観光もかねて慶州の古墳群、仏国寺などを巡り釜山に戻り新鮮魚介類の市場では、活けタコのぶつ切りは吸盤が皿にくっつき口に入れると動きその他も美味しく飲み食べ満腹になりました。

韓国へも思いは身近になり、母ちゃんの姪も単身日本へ遊びに来るようになり、甥が船員で神戸メリケン波止場に入港した時は迎えに行き家で食事会をして送って行きました。

だけど、僕の中でルーツは韓国ですがこれからの人生は日本での永住です。その気持ちを込めて霊標には、初めからハルベ（祖父）の名前を先に次にハンメ（祖母）の戒名を入れていました。

さあーお金は借りたら返さねば、少しエンジンがかかって来ました。長女育美が小学校へ通学、次女美幸が小学校入学する頃には、銀行ローン以外の借金はすべて終わりました。

十一回目の住処

屑鉄商を始めた頃は条件の悪い仕事が多く、積載オーバーなどは一切気にせず手積み、汗をかいて仕事が終るとビールが美味しく、食欲もあり体重も七十キロを超え、塗装工を辞めてから二十キロ近く太り、得意先も増えたので新車に買い替えました。二tトラックで荷台は長尺幅広、排気量の大きいのを注文。

後輪にバネを追加してタイヤは一回り大きいのをつけてもらい、荷物代のあおりの内側はステンを張り荷台の底も二ミリの鉄板を張り、ドアのフックは絶対に外れないように改造してもらいました。

仕事が終わると同業のノリに花園ラグビー場のショートコースでゴルフを教えてもらい、仕事も時々共同で請け負ったりしました。

予想外の儲けがあると、競馬や飲みにも行き一杯飲んで気が大きくなると西成に博打に行く時もあり、共同の仕事も遊びも常にお金は割勘、冗談を飛ばしながらいつも楽しく元気がありあまっていました。

その後、仕事帰りに八尾の高砂町に売り出し中の建売をみつけてまた衝動的に買ってしまいした。

一九八五年（昭和六十年）十一月十一日に引っ越し。住所が鷹殿から高砂へ「地名がめでたいな」と。今度は少し注文の余裕が出来たので一階の奥に八畳の間に床の間、仏壇と箪笥置き場を作り、南側には少し庭もあって明るくてまあまあの感じ、今度は父ちゃんが少しは喜ぶかなと思っていましたが何を思ったか黙っていました。僕にしたら生まれてから十一回目の引っ越しでした。

鷹殿の家は買値で下取り、頭金七百五十万円入れて二千五百万のローンを組みました。家内が言うには、以前からお金も無いのに鷹殿に家を買い、四条畷に墓を立て、今回は八尾の高砂町に家を買い、そのあいだには自分には一言も相談もなかったなと。次々と勝手な買い物にはあきれていたようでした。

似た者同士

以前、商売を始めたとき問屋の社長から「商売は牛のよだれ」みたいなものと教わりましたが、そのときはちょっと意味をつかみかねていました。でも家も土地も三角四角でも欲しいと思ったらためらうなと、買えるなら買える縁がなければ買えない、ただそれだけだと。この社長も、借金まみれの問屋に幼少で貰われ、学校も行かされず働いていたそうです。

物心ついてから毎日、朝から晩まで暗い工場の中で古い時代遅れの機械を壊れたら修理を繰り返しながら、油まみれで働き、工場にはビールをケースごと置いて夏でも昼過ぎから生暖かいビールを飲みながらこれが本当の味やと、昼間から僕にも「飲め」とキリンビールの大ビンのラッパ飲みをすすめられビール瓶の外側は、機械油とスクラップの埃でぬるぬる、中身だけ飲むのも技術がいりました。

でもいくら飲んでも社長の愚痴を聞いたことは一度も無く、いつも淡々と仕事をこなしていました。

また飲むとカラオケが好きで、金田たつえの「花街の母」をよく歌っていました。独立して屑鉄業をはじめ何も知らない時からお世話になったので、とくに親しみを感じていました。

社長も無学でしたが細かいことは言わず、僕が知らないがゆえに迷惑をかけても知らんふり、無茶を承知で頼みごとを聞いてくれ、ひどい時は僕が迷惑かけたことを数年過ぎて、はっと気が付き反省したこと事もありました。

その頃ゴルフが流行り出し、出入り業者同士のクラブや地域の飲み屋のクラブに参加し、プライベートで行ったりして僕は一時期ゴルフに夢中になりました。

社長と一緒に行くと、僕に受付で住所氏名を一緒に書いてくれといい、似た者同士の笑い話です。

また二人でクーラボックスにビールを冷やし、僕の運転で和歌山の橋杭岩へ一泊とか、もろもろ色んなことがありました。

少し酔うと社長の言い癖は、些細な事でも「さもしい考え」は持つなと言うことでした。

無我夢中で

仕事にも慣れ、世間も多少は分かり元気で馬力もあり、仕事上の仲間とも知り合いスタッフもいて得意先も色々広がり、しかしよくもまあ~次から次と危ない話も含めてくるな~と思いました。

兎にも角にも後先考えず、運転免許証一つで法律も規制も許可も関係なく、何でもありの何でも来いイケイケの裸一貫、そのかわり受けた以上は全て「自己責任」覚悟だけは決めていました。

過去から自立するまでのがまん、欲求不満がいっきに噴き出したような感じで無我夢中でした。

独立して間もない頃、遠方では兵庫県豊岡、仕事の無い時は同業者二人でトラック一台に乗り流して滋賀県の竜王まで行った事もあり帰りは雨でした。また三重県の下柘植まで朝早く行きスクラップはてんこ盛り、木津川沿いを帰り（一六八号線）夏は体力をつけるためにわざとクーラーは付けず笠置の近くで時々一休み、パンツ一丁で泳ぎ上がる前に脱いでパンツを絞り熱く焼けた岩で干して、対岸を走る電車に裸で手を振ると手を振ってくれたのはおばちゃんばっかりでした。その後、大阪外環状線（一七〇号線）へ出る前の清滝峠は道細く曲がりくねり急な下り坂にブレーキは甘くなりいつも冷や冷やものでした。

素のままに

興味を持った事は体験し、知らない世界の人達に出会う楽しさもありましたが、動けば動く程、無知、無学、無教養の自分への情けなさや惨めさを知らされて自己嫌悪に落ち入り、自分をさらけ出し開き直る事にしました。

田舎で育った頃と同じようにありのまま自分に素直に生きればいいかと思い、相手が僕に思い感じることは好かれ悪かれ仕方がないと、自分でも自分が分からず大人になれない、年だけ重ねて僕自身は世間に対して胸をはれることが何一つもなく、在日一世と同じ感覚だな～と思いました。

一枚の水彩画

自営業になって仕事が軌道に乗ると、また何となく青春の血が騒ぎだし、仕事先で知り合った同年の女社長に誘われて食事に行き、将来の仕事や趣味を語り合うようになりました。女社長は静かで少し寡黙でしたがゆったりとしたいつも大人の雰囲気をかもしだしていました。

また時が過ぎて知り合った五歳下の女性は、学習意欲が強く文化教室を持ち指導もしていました。

河内長野の茶花の里ではじめてのデート、園内を散策しているとき、足元に咲いていたすみれの花を見つけて、ほら可愛い花が咲いているよと言ったら、しばらく黙って僕の顔を見つめ「やっと理想の人に逢えたと」聞いてみると、少女時代から夢に描いていた人は、「路傍に咲く小さな花を共に愛でられる人」その人が今、目の前にいると言ってくれました。

それからも彼女の夢物語はつづき、ふと立ち寄った小さな画廊で見た「一枚の水彩画」の前では、夕日の堤防を老夫婦が手をつなぎ散歩していて、私たちも同じようになれたらいいねと小さな声でつぶやいていました。

社会勉強

僕は時々、一人で飲みたいときは行きつけのバーやスナックのカウンター席の一番奥が指定席、ママさんと世間話をしながら一杯飲むのが好きでした。

またある行きつけのクラブのママさんは、色々な社会勉強もさせてくれましたが、ある時話の中で、女の人一人口説くのも得意先一軒増やすのも同じくらいのエネルギーが要ると、自分の値打ちを知りたかったら付き合っている女の人を見なさいと、「女の人が相手を選ぶ」とも話していました。

僕が素直に思い感じることは、過去に交際してくれた女性たちは全て女神か観音様だったなと有難く受け止めています。

出会った友達や先輩諸氏に感謝。若い時から有り余ったエネルギーで自分勝手に行動して、不完全燃焼で八つ当たりをして、悶々とした気持ちを深い包容力で受け止めて頂き、本当に感謝しています。

恩返しの生き様はまだまだこれからです。

娘の自立

ある日、育美が中学に入学したとき、親にも相談せず、人権教育のなかで本名宣言したと聞いた時はびっくりしました。振り返れば大阪に就職して初めて朝鮮人と言われ、心の奥底にずーっと眠っては時々目を覚ますトラウマが僕にはあったようです、父親が四十年以上引きずっていた事を、いとも簡単にあっさりと飛び越えた育美には脱帽でした。

よしっ、心機一転、仕事関係でも話せる会社には順番に話し、プライベートでは本名宣言すると決めました。

中学校では在日の子供たちの民族クラブが始まり美幸も本名宣言、それぞれ子供たちの親も協力し、勿論先生方の気配りや教育熱心には頭の下がる思いですが、なにしろ僕は学校が大の苦手、見守ることしかできませんでした。

母ちゃんの死

一九八八年（昭和六十三年）とうとう母ちゃんが亡くなりました。享年六十七歳。

僕が四十二歳の時でした。僕が二十歳の時、田川塗装で仕事中に電報がきて、母ちゃんが山口県の宇部医大へ緊急入院して手術したと知らされ、会社に説明して大急ぎで病院へ駆けつけました。

病名ではいつもの持病かと思っていましたが、胆石の手術をしたと説明があり、手術は成功したけど又、肝硬変再発の可能性があると言う説明も受けました。

二年後、大阪に引っ越して来てからも時々検査はしていましたが、還暦が過ぎた頃、病院の先生に肝硬変で残り五年と告知され、僕は遠くへ遊びに行くのは止めてできるだけ母ちゃんの近くに居る事にしました。

田舎にいた頃はいつも用事を手伝い、隣町へ精米しに行く時はリヤカーを借り、坂道は後を押したり一緒に引いたり、また和紙を作る「こうぞう」の木を借りた船に積んで、ダム湖の上流まで二人漕ぎして、売りに行ったこともありました。（値切られて二千円）母ちゃんは朝起きてから寝るまで、ゆっくり休むこと無く働きずくめでした。

大阪へ引っ越して一番よかった事は、韓国在住の母親が健在なのを知り、会えたことでした。

母ちゃんも肝硬変を告知されてからは、体は痩せていましたが韓国へは何度も遊びに行き、韓国で病気が悪化して帰れず長引くこともありましたが、母親の葬式にも行けました。

大阪に戻ってからは、石切生喜病院へ入退院を繰り返していました。そしていよいよ末期になると病院へは兄弟が交代で付き添い、母ちゃんは意識不明になるとうわ言で、勝男を呼べ勝男を呼べとくり返していたようです。

僕は心に念じて、僕の寿命を五年あげるから母ちゃんの意識を戻して下さいと、そんな事が二度続き三度目は「母ちゃんもういいよ」と心でつぶやきました。

肝硬変を告知されて丁度、五年が過ぎていました。

母ちゃんを見送って

母ちゃんの葬式を済ませあらためて振り返ると、僕が結婚して子供が小学校に入学する頃には独立した仕事も何とか軌道に乗り、多少は親孝行、家族孝行も出来るようになっていました。

年月が過ぎるごとに、兄弟もそれぞれに成長し結婚して家庭をもち子供も出来て、両親への負担も軽くなり、各自、仕事も独立して少しは世間並みに生活も落ち着いてきました。

夏には、伊勢方面に潮干狩り、若狭の高浜、須磨の海水浴、高槻の鯉料理も食べに行きました。

母ちゃんが亡くなると、父ちゃんは旅行に誘ってもお前達だけで行って来いの一点張りになりました。瀬戸大橋一九八八年（昭和六十三年）四月十日開通。

あくる年、マイクロバスをレンタルして僕の運転で四国へ父ちゃんも一緒に家族全員旅行にいきました。

その後僕も家族サービスに四国から中国地方や近畿はもとより佐渡ヶ島まで、仕事の合間を利用してドライブ旅行をしました。

しかし、物心ついた頃からの母ちゃんを思い出すたびに今でも胸が痛みます。

母ちゃんの芯から笑った顔は見たことがなく、いつも寡黙でうつむき、何か辛いことがある時はぐっと歯を食いしばって我慢をしていました。

田舎に居るときは、母ちゃんと一緒にいるのが好きで、何でもいいから母ちゃんを手伝い、早く中学を卒業して働きに出る事ばかり考えていました。

そしてこれからは本当に自分の家庭と二人の娘の事、まずは家のローンを早く完済する事でした。

僕は信仰心も薄く、法事（先祖供養）だけはしていましたが勝手に神様が、娘二人なので仕事の事は考えず楽に暮らしなさいと言ってくれているような気がして、娘二人を普通に嫁がせて家内と老後を普通に過ごせればいいかなと母ちゃんの死後は一段と思うようになりました。

八尾ムクゲの会

一九九〇年（平成二年）、同じ地域に住む許宗健さんが、ある日相談があると訪ねて来ました。

地域のソフトボールチームで一緒にプレーする時に会うぐらいで、ほとんど個人的には話したことがありませんでした。話を聞くと、八尾の安中に在日の子供会があり一緒に民族祭りをしたいと言うことでした。

その為にはこの地域でも在日のグループが必要となり、人集めは自分がやるから僕に代表を引き受けてくれないかとのことでした。二人で八尾駅近くの中華店で昼前から話し始め、気が付けば夕方七時を過ぎていました。しかし人は話してみなければ分からない、許さんとは初対面に近い間柄でしたが、話すうちにお互い熱が入り、熱血漢だなあーと感じ前向きになれました。安中の子供会は少し政治がらみ、僕はあまり乗り気ではなかったのですが、お互い在日同士、本名宣言したことでもあり、子供の為にもなるしこれも縁だと思い引き受けました。八尾ムクゲの会は、韓国系の民団、北朝鮮系の総連どちらにも所属しない、桂小中学校在日の子供達を応援する事を基本に決めました。

八尾「ムクゲの会」と名づけて八尾の中華屋で開会式をやりました。後々、会員同士で紹介もあり、増えて十七家族、八尾ムクゲの会の初行事は、その秋に安中の公園で第一回民族祭りの出店でした。

地域の団体や学校関係子供たちの発表会等、色々な出店もあり大成功、毎年十月の最終日曜に民族祭りをやろうと決めて打ち上げを終わりました。

八尾ムクゲの会も順調にスタート、花見は焼肉パーティで盛り上がり、夏は西吉野へ観光バスを借り、役員はテントや敷物・食料・飲み物などトラックで運び、総勢七十人以上でキャンプに行きました。

川遊び・魚釣り・焼肉パーテイ・スイカ割りなどで子供達も大喜びでした。大人達もお互い面識ができると各自誘いあい、食事会や飲み会にハイキングなど活発に交流がはじまりました。

二〇一〇年（平成二十二年）八尾「ムクゲの会」創立二十周年、子供達も成長して当初の目的は達成したので解散しましたが、同じ地域に住み出会えば挨拶を交わし交流もしています。

国際交流野遊祭

一九九二年（平成四年）、三回目の民族祭りは名称を変更、「国際交流野遊祭」として開催地は地元桂の青少年会館の運動場を借りる事に決まりました。テーマは「出会い・共生・交流」でした。地域の団体だけでなく祭りも三回目になると少しは知名度も上がり、初めは在日韓国朝鮮人だけの祭りでしたが、他の外国人も参加するようになりました。

地元開催なので八尾ムクゲの会員も気合が入り、男連中は日頃の付き合いしているお店や知り合いにカンパ集め、元気いっぱいためらうことなく突っ走っていました。

舞台発表も多彩になり、八尾ムクゲの会の奥さん達も、揃いのピンクのチマチョゴリで出演、会員が歌うセタリオン（鳥打鈴）に合わせて舞台上で踊り、拍手喝采を受け輝いていました。

二十店以上の出店もだんだんと国際的になり、八尾ムクゲの会はいつも派手、焼肉、ビール、焼きそば、子供達にはあて物や金魚すくい風船釣りを用意、ゴミは産廃業者ムクゲの会員が、四屯コンテナをサービスで置いてくれました。

この祭りは毎年十月の最終日曜日、開催時間は午前十一時から午後三時までと決めていました。

今回、国際交流野遊祭の実行委員長を引き受けても人前での挨拶は苦手、韓国語の一言はと思い何とか済みました。千人弱の来場者で祭りは大いににぎわい、無事にけが人もなく大盛況で無難に終わり、「八尾ムクゲの会」の仲間との二次会も、また大いに盛り上がりました。

一九九〇年（平成二年）「民族祭り」は、安中の「トッカビ子供会」と「八尾ムクゲの会」の共同開催ではじまり、祭り会場と実行委員長は毎年交互にを約束しましたが、そのつど相談し臨機応変に対応しました。

韓国、朝鮮、日本、中国、ベトナム等多国籍の参加で国際交流野遊祭もネーミングどおりに十年で立派に発展しました。

「八尾ムクゲの会」は十年を期に国際交流野遊祭を退会しました。

祭りで、思い出したのは僕が二十四歳の時、父ちゃんと母ちゃんと三人で、大阪万国博覧会一九七〇年（昭和四十五年）へ行った時のことでした。父ちゃんは濃茶色の背広上下、母ちゃんはカーデガンにスカート、僕は茶系玉虫色の背広上下、三人とも目いっぱいのお洒落をして行くと、会場は何処も満杯、並んで待つのが嫌で空いていたアフリカ関係の会場ばかり見学しま

大阪万国博覧会三人で（1970年）

した。

生まれて初めて、父ちゃん母ちゃんをひとりじめにした三人だけの万博、記念写真を撮り、楽しくて嬉しくて、笑いが勝手に込み上げていました。

娘たちの成長

二人の娘も高校から大学就職へと大事な年頃、父親として何の相談にも乗れず進学は母親と相談して、後は自分で決めなさいと言うしかありませんでした。

育美は帝塚山短大へ行き、美幸は日新商業を卒業すると進学せずに銀行へ就職しました。

話は少し戻りますが、まだ母ちゃんが元気で韓国へ行った時、父ちゃんの本籍地の役場から父ちゃんと連絡が取れないので、母ちゃんの実家に問い合わせが来たそうです。

父ちゃんの叔父さんが戦時中、抗日パルチザンで活動していたので表彰するということでした。しかし、父ちゃんは理由がよく分からないので、母ちゃんが韓国の実家で知り合いの人に相談したそうです。

後日調べて連絡をもらう約束をし、日本の住所氏名を教えて帰りました。一年後に分厚い封書が届きました。僕はひととおり読みおえて、先祖にも烈士が居たのだなと少し血が熱くなりましたが、父ちゃんはあまり関心が無く僕の手元に置いたまま忘れていました。

育美が短大を卒業して観光会社に勤めていたに時ふと思い出して、その封書を育美にみせました。

その封書で血が目覚めたのか、育美は二十二歳の時、突然韓国へ語学留学に行くと言い出しました。

好きにしなさいと返事をしたら、本当に韓国に行ってしまいました。

それから二年間音信不通、ひょっこり帰って来ると延世大学に受験して受かったので留学すると言います、これにはさすがに反対しました。

韓国で大学四年行けば二十八歳、帰って来てもすぐ結婚もできないので、今回だけはどうしても駄目だと言い切り、じっくり話しあって諦めてもらいました。

すると今度は、美幸が韓国に語学留学へ行くと言います。育美がつけた道があるので安心して大丈夫と言うので仕方なくこちらは了解しました。

八尾市生涯学習センター

写真講座入会その頃、僕は写真に興味を持つようになりました。きっかけになったのは八尾ムクゲの会の花見でした。羽曳野にある農林センター、桜並木の下で焼肉パーテイもひとおり飲み食いが終わり、ムクゲの会を一緒に立ち上げた許さんが写真を撮っていて、僕に覗いてみたらとカメラを渡してくれました。

散歩しながら何げなくカメラを向け覗いた雑草の産毛が凄く綺麗に見え、「ウワーッ」と感動でした。

許さんに聞くと、カメラは一眼レフにマクロレンズだと教えてくれました。

僕はそれからすぐ、ニコンのカメラとマクロレンズ五十ミリと二倍のテレコンを買って、暇があれば野原や田んぼの畦道、畑、公園などで花・昆虫・水滴にカメラを向け、三脚がないので手持ち、シャッターをきる時は息を止め、ネガフィルムで撮りまくりました。

丁度その頃、家内が八尾市政だよりの写真講座応募を見て入会を進めてくれ一九九四年(平成六年)九月、八尾市生涯学習センター写真講座に入会、初日の自己紹介で本名宣言、皆さん拍手で応えてくれました。初めての写真講座は六十人以上の応募があり、一期生は一クラスの予定が、AとB二十人を二クラス作ることになりました。

講師はコンテストで活躍され、モデル撮影などの演出写真が得意の高橋弘先生、僕は風景写真が好きでしたが、とにかく写真を撮ることが大好き、夢中になり目につく物は何でも撮りまくっていました。

そんな僕を、高橋先生は、金さんが通った後にはぺんぺん草も生えないなと笑っていました。

その頃の僕は、寝ても覚めても写真の事ばかり考え、家内にも写真の話しか出来ないのかと言われるほどでした。

一九九四年九月、八尾市生涯学習センターで写真講座が始まり、翌年三月に二期生が入り一年が過ぎ講座を卒業、ＯＢ会合同でクラブに移行する事になりました。

一期生を中心に何度も相談して決めごとを作り、又、ゴジラ公園で焼き肉パーティや茶話会も開き、親睦を重ね役員も決めて、一九九六年（平成八年）三月、クラブ名は「フォトかがやき」に決まりました。

フォトかがやきの発足会には習字の上手な会員さんに「皆で咲かそう美とロマン」とでっかい横断幕にでっかい文字で書いてもらい、会員四十六人が集まり「明るく楽しく」をモットーに八尾の牛庵で発足会をしました。

身の周りもだんだんと忙しくなるけど仕方がない、初めて趣味らしきものが見つかった喜びが大きく、夢中になっていく自分をどうすることもできませんでした。

この頃の仕事は主に、鉄・アルミ・ステンレスを使い製品を製造した後の、スクラップの回収専門でした。写真撮影にはピッタリ、それぞれの会社のスクラップの溜まり具合をみて、撮影の段取りを自由に決める事が出来ました。それでも写真を撮るのが楽しくて仕事が忙しくなるのが嫌でした。

僕はニコンのカメラと相性が良くないので写友にあげて、撮影機材一式・備品を揃え、カメラとレンズは全てキャノン、純正に買い揃えたので写真を撮ることだけに没頭できました。

八尾の写真クラブでは、僕の運転でマイクロバスのレンタカー（二十九人乗り）を借りて、高知県へは「赤ちゃん泣き相撲」や「大里八幡神社秋祭り」、愛知県知多半島の「豊浜鯛祭り」など一泊二日の撮影会等を楽しみ、丹波、雲海で有名な天空の「武田城」へ行った時は城の真下、石垣までの細い道を登り小さな駐車場でギリギリ向きを変えて、下りは左に曲がる下り道でバスは傾き、誰が言ったか知らないけどバスで行けるに調子に乗り、夕暮れの最終でしたので対向車が居なくて良かったなどと、冷や汗ものでした。また、ある時は有志を募り、同じマイクロバスで長野県の「黒姫高原」へ、コスモスの撮影会に行ったこともあり長時間バスに揺られましたが、皆さん元気で前向き一泊二日、楽しい撮影旅行でした。

義父の死亡

家内の父親、白在寅は仕事も真面目に通い昼休みはきっちり昼寝して、酒は晩酌の量も決めて飲み飲んだからと言ってくずれることもなく、自転車でどこにでも出かけ普通に生活していました。

ある日、何年も通い続けている八尾駅近くの診療所に行った帰り突然しんどくなり、歩けなくなったから迎えに来てと電話がありました。

一九九五年六月、突然の発病に唖然、病気（胃癌）が見つかった時は手遅れ、余命三ヵ月を宣告されました。温厚な親父さんでした。

白在寅一九九五年（平成七年）七月二十一日享年七十二歳

「夢大和」の写真教室

十月になり写友達と奈良公園へ鹿の角切りを撮影に行き、帰りに入江泰吉記念奈良市写真美術館（一般展示室）へ展示作品を見に行くと、その日は写真クラブ「夢大和」の作品が展示されていました。

会員さんの雰囲気がよく作品も素晴らしく、会員募集していたので説明を聞いて即入会しました。

夢大和の写真教室は郡山にあり、勉強会は毎月の第三日曜でした。僕は車で八尾から生駒信貴山系の十三峠を越え、平群町から矢田丘陵の白石畑、斑鳩町から郡山の教室へと片道一時間半かかりましたが、往復の道中に写真が撮れるのも楽しみのひとつでした。

春先に夢大和の教室が終わり、平群町から十三峠へ帰る上り坂、教室へ向かう時は気がつかなかった小さな谷を挟んで、右前方に白木蓮が春雨にけむって連なりひっそりと咲いている姿が目に飛び込んで来ました。

その時の感動はたとえようがないくらい、「清楚で美しく」、急いで車を道端に止め夢中でシャッターを切りました。

ある日いつも出入りしている、カメラのキタムラの店長がある写真集を見せてくれました。奈良県高山町がテーマの「茶筅の里」、僕はすぐ作者に電話をしたら、手持ちの作品を持って来ないかと言われ、住所を聞くと同じ八尾在住のカメラマンでした。

数か月後に、知り合ったカメラマンから連絡があり、志紀にあるカメラ屋メンバーで写真クラブを立ち上げるので参加しないかと誘われました。

皆同等の仲間としてクラブ名は「ネイチャーフォト研究会」と決まりました。クラブは八人ではじまりました。

クラブに誘ってくれた写友が、僕にテーマを決めて写真を撮ったらと進めてくれました。

僕もコンテストで入賞していましたが、やっぱり自分の思いを表現するには作品を一点ではなく、四十点から五十点並べて見せたいと思うようになっていました。

そして以前、夢大和で勉強しての帰り道、平群町で春雨にけむる白木蓮に感動した事を思い出し、奈良県生駒郡平群町をテーマに決めました。

わが桃源郷―奈良県平群町

一九九八年（平成十年）春頃から、本格的に平群町をテーマに写真を撮るようになりました。

平群町は奈良県生駒郡信貴山麓の東側に位置し、大和朝廷の頃は平群王国として栄え、天智天皇皇孫長屋王の墓、聖徳太子命名の信貴山、朝護孫子寺、開祖役行者の鳴川千光寺、真言密教の金勝寺、明智光秀の忠臣島左近の椿井城跡、古墳や神社等の名所旧跡は数多く、また、北から南へと竜田川（万葉の川）が流れ、東に矢田丘陵、西は生駒山系があり、十三峠超えには在原業平（伊勢物語）のロマン街道があります。

写真を撮り始めた頃の平群町は、特に夏小菊の生産が盛んでした。

そのために山を切り崩し菊畑も増やし、水槽タンクも個々に作り、フラワーロード（広域農道）が通り、大阪のベッドタウンとして団地がいくつも立ち並び景色は様変わりしていました。

昔は花木栽培も盛んでしたが、今では需要も減り、高齢化が進み手つかずのままになっている、それゆえ春になると福貴畑地区は、サンシュウ・レンギョウ・白木蓮・桃・桜が咲き乱れ「桃源郷」となりカメラマンも多く撮影に来ます。しかし季節が過ぎるとカメラマンはピタッと来なくなります。　春の道やっつここのつ桃源郷

だけどテーマで撮るとそうはいかない。四季を通えば何か撮れる、出会う、行かなければ何も撮れない、ただそれだけの思いでした。僕は今も残る平群町の素朴な自然風景と、開発による新しい景色などを被写体としてけんめい探し求めていました。

外環状線（一七〇号）を車で走る時は、生駒信貴山系と矢田丘陵に挟まれた平群谷を意識し、常に天候を見ながら四季の風景をイメージしていました。

人生、四十八年目にして写真と巡り合い、夜も日も開けず夢中になれる自分が嬉しく、撮影会も講座も楽しく新鮮な感動の日々でした。

ヌード撮影のひとこま

その頃、ふとした縁で知り合った四歳年下の彼女は趣味も多才でおおらかな性格、写真へ

の興味は撮るより撮られるのが好き、僕はヌード撮影にも興味はありましたが、ヌード専門の撮影会は嫌なのでチャンスがあれば自分で演出、専属モデルがいればなーと思っていました。

彼女はスタイルがよく色白で髪は濡烏、度胸もありナルシスト、ヌードを引き受けてくれましたが撮るのは初めて、すると彼女が「ヌード撮影入門」の写真集をプレゼントしてくれました。

初めてのヌード撮影は、室内から野外へとエスカレート、彼女は撮影前日から下着を着けず、いつでも素早く脱げて着られるワンピース、河内長野市の河合寺へ行く道路傍の田んぼ一面に綺麗なレンゲ畑を見つけて車の通行が途切れた瞬間、ワンピースのスカートをめくり、うつぶせてお尻を空にレンゲ畑に「真っ白なカボチャ」を演出、又、真夏早朝、近つ飛鳥博物館（安藤忠雄設計）の屋上、石段では彼女お気に入りの貸衣裳を持ち込み、ベルバラやローマの休日、石のスロープではヌード、斜光のスフィンクスをイメージ、演出撮影中にガードマンが来たこともありました。

高取城跡では、石垣をバックに今昔の調和を意識、観光客に盗み見されながらの撮影、また走行中、見つけた山奥のさびれた採石場跡では荒くれむき出しの岩肌に錆びた機械、生い茂る雑草の中優しい柔肌との対象を意識、ヌード撮影をして休憩中に男五人が入って来てヤバイ事もありました。

一度だけ、クラブの先輩の自宅で作品としてスライド映写機で見てもらったことがあり、作品として撮り続けることを進められました。

撮影した写真は、一緒に見て勉強後は全て彼女にプレゼント。発表したことはありませんでした。

彼の人とカメラ片手に春の山
高取の城跡恋し蝉しぐれ
彼女のレターより

富士フィルムフォトサロン　初めての個展

二〇〇〇年（平成十二年）初め、平群町の写真も何とかまとまり、先輩や写友達に個展をしたいと相談しました。写友達は色々と進言してくれました。僕の個展への思いはつのり世間知らずは承知の上、大阪駅前の丸ビルにある「富士フィルムフォトサロン大阪」に審査に出しました。

写真の展示会場では、ここは近畿で一番人気、プロへの登竜門と言われていましたが、僕には関係なく同じ審査に落ちるなら、レベルの高い方がよいと思いました。落選すると覚悟していましたが思いかけず審査に受かりびっくり、開催は一年半待ちの二〇〇一年八月に決まりました。

さあ〜、初めての個展となると何も知らない分からない、作品も自信が無い残り一年半、頑張って後悔しないように撮るしかない、今まで以上に情熱を込め四季折々の天候に想像を膨らませて平群町を走り回りました。

二〇〇一年（平成十三年）八月、平群町をテーマにした「業平ロマンと花の里」富士フィルムフォトサロン大阪で全紙十三点半切三十七点の作品を展示、初めての個展を開催しました。

一週間で来場者は三千五百人強、写真展会場で和服姿の女性がゆっくり二回見てくれ、「日本の人よりも日本人らしい写真ですね」の一言が印象に残りました。展示会場の受付当番はネイチャーフォト研究会の仲間が手伝ってくれました。

そのあと平群町の道の駅「くまがしステーション」で、九月に一週間「業平ロマンと花の里」を展示しました。来場者は八百人、皆さんは写真を見ながら自分の家・田んぼ・畑・知っている場所を見つけてはよろこび又、この場所どこ、見たこと無いとか、会話も弾ませていました。残りの写真集も道の駅で売っていただき、千冊作りましたが完売しました。その後の平群町は、春にはカメラマンや見物客も増えて観光バスも来るようになりました。そしていつの間にか、平群町福貴畑地区は「平群の桃源郷」という噂が広がりました。だけどよいことばかりではありませんでした。地元の生産農家の人達からの苦情で、カメラマンや見物客が畑の中をずかずか入る、フィルムの空き箱やジュウス缶は捨てる、マナーも含めて宣伝しなさいと怒られ、色々な意味で勉強になりました。

二〇〇一年（平成十三年）二月、徹君と育美が結婚しました。今年は嬉しい事が続くなあ～と。

(有) ベストケア太陽

二〇〇一年（平成十三年）ムクゲの会の忘年会で訪問介護が話題となり、飲んだ勢いもあり年明けて有志三人で会社を設立、僕が代表となり年明けから行動を起こし、二〇〇二年（平成十四年）五月に訪問介護の有限会社「ベストケア太陽」を開業。行政の人に金さんはいつ頃から準備したのですかと聞かれ、今年からと話したら今まで受け付けた中で最速の設立だとびっくりされていました。

お互いの奥さん達にもヘルパー二級の免許をとり手助けしてもらい、他の友人の奥さん達も巻き込んでヘルパー募集、十二人態勢で始めました。僕が管理責任者なので介護の利用者さんを全て把握します。半年過ぎる頃には実態がわかり、家内や友人の奥さんにとてもではないけど介護の仕事を続けさせる自信がなくなりました。当然、優しい利用者はたくさんおられました。

ケアーマネジャー派遣所とヘルパーさん達にも我儘を謝り、惜しまれながらも十三ヶ月で有限会社「ベストケア太陽」は閉めることにしました。

この仕事をするには、お金かボランティア精神か、はっきりしないと中途半端は駄目だなとつくづく思いました。

二〇〇二年（平成十四年）十二月、育美に待望の長女愛里ちゃんが生まれました。

やわら会

一九七四年（昭和四九年）僕が結婚して間もない頃、洋子の兄の仲間「やわら会」に誘われて参加しました。

やわら会は美空ひばりのヒット曲「柔」をもじり、固いことは抜きをモットーに男九人が集まり半数が独り者でしたがその後みんな結婚して子供も出来て家族同士、花見で焼き肉、夏は吉野川でも焼き肉、飲み物はトロ箱にかち割の氷、ビールはキリンの大ビンを冷やし、その頃、まだ野外で焼き肉する人達はいなくて僕らは「元祖焼き肉派」でした。

時過ぎて、子供たちが成長して子離れすると、今度は初心に帰り男同士で年一回一泊二日のドライブ旅行をするようになり、いつの間にかやわら会も四十年が過ぎ、お互い家庭や仕事が忙しく住所変更や病気にもなり会う回数も減りましたが、今でも有志数人で夏は吉野川で焼き肉、飲み会を続けています。

春樹兄さん

二〇〇三年（平成十五年）四月五日、富子姉ちゃんの夫広村春樹兄さんが亡くなりました。（その日は、桜満開、満月）享年六十三歳。

僕が（十七歳）、守口のナニワ塗装で働いている時に、突然、「富子さんと結婚する」広村ですと、会いに来てくれ、聞けば千林の方でメリヤス工場を経営しているということでした。

後日、山口県宇部市小野区鍛冶屋河内（実家）で結婚式を挙げました。家の前で韓国衣装を着て結婚式の時、誰が言い出したか家があまりにも汚いので、毛布を竹竿二本で括り二人で両側から持ち上げ家をバックに記念写真を撮りましたが、後から写真を見ると毛布の柄がバッチリ写っていました。

僕は身近に初めて兄さんが出来たことが嬉しかったです。春樹兄さんはある日曜日に淀川（枚方）のワンドへフナ釣りに連れて行ってくれましたが、千林から枚方の往復の自転車はしんどかったです。

特に釣ったフナが生きているうちに千林に帰るというので、必死に自転車のペダルをこぎました。

僕と富子姉ちゃんの思い出は、姉ちゃんが岡山で働いていた時に、姉ちゃんの同僚と一緒に後楽園に連れて行ってもらったことでした。これで姉ちゃんも幸せになれると思っていたら、広村春樹兄さんのメリヤス工場が倒産、そこからは極貧生活の始まりでした。

特に生野の朝鮮市場（現コリアンタウン）で間借りしていた時の兄さんは無職状態、子供も二人いました。土曜日は僕と妹も泊まりに行きましたが、兄さんも姉ちゃんはそんな状態の中でも笑顔で迎い受け入れてくれました。

その頃思い出すのは夜遅く市場が閉まった後、鶴橋駅で電車を降りて猪飼野へ行くには鶴橋の市場を横切ります。この頃の市場の床は黒くぬめりドブネズミがウロチョロ、大きいのは子ウサギくらいあり出会い頭にあった時はビックリドッキリでした。

僕の両親や兄弟が東大阪六万寺に引っ越して来てからは、姉夫婦も生野区脱出、春樹兄さん家族は実家の近くに引っ越し、兄さんはトラックの運転手、姉ちゃんもパートで働き、数年して実家近くに一戸建てを買いました。春樹兄さんは僕の親のことも気にかけてくれ又、兄弟の面倒見もよく夏は吉野へ兄弟で鮎取り行き、弟達の魚釣りにも付き合っていました。

春樹兄さんの子供達も結婚し独立していくと、夫婦そろっての趣味の山登りやドライブを楽しみ、さあーこれから「残りの人生」という時に、昔から亡くなってわかる事があると言いますが本当に残念でたまりません。

父ちゃんの最後

二〇〇二年（平成十四年）夏、父ちゃんが八十八歳の時、三十四年前大阪に来て住み慣れた六万寺の家から一人住まいは無理だと思い、嫌がるのを承知で僕の家で同居する事にしました。

父ちゃんは昔から酒は「沢の鶴」しか飲まず月に十三本、酒屋のおじさんも元気な年寄りやなあーと感心していましたが、やっぱり年には勝てず入退院を繰り返すようになりました。ある日病院に行くと、部屋のベッドを片付けて床にマットを敷き枕もとに白木の台を置き備品が置いてありました。父ちゃんがベッドは嫌だと無理を言ったようでした。

しかし、一目見て頭にカーッと血が上りました、まるで死人を寝かせているようなあつかいでした。

担当医師を呼び、連れて帰ると言うと、退院すれば二週間だと宣告され、そう言われても気は収まらず、父ちゃんに「帰ろう」と言って退院させ帰りに散髪屋に寄り、すっかり小さくなった父ちゃんを車からお姫様を抱っこしていすに座らせました。父ちゃんは散髪がすきでいつも髪の毛が耳に当たると嫌がり、散髪が終わると鏡をみて少し短く切りすぎたなと言っていました。

父ちゃんと同居

退院させて二週間後、美幸が夜十時頃お休みの声をかけると応答がない、呼ばれていくと様子がおかしいのですぐ一一九番へ通報、救急車が到着するまでの処置を聞くと人工呼吸をしなさいと言う、胸をおさえるとポキポキ音がしてはじめて父ちゃんとキスをしました。

二〇〇三年（平成十五年）八月十二日、父ちゃんが亡くなりました。八十九歳十一ヶ月と九日でした。

葬式を終えて整理すると通帳に三百万を貯めてあり生前、口癖になるべくお前に迷惑かけずに行くと言っていましたが本当に親父とは。

父ちゃんが仕事辞めてから、僕と忠夫は毎月四万円、同居するまで生活費込みの小遣いをわたしていましたが、それをコツコツ貯めていたのかなと。葬式代、仏壇買い替えにつかい、残金は墓の管理費に貯金しました。

振り返ってみると介護の仕事を始めたのも、父ちゃんを風呂に入れ、おむつ交換、父ちゃんの身の世話の為に勉強してきたような気がしました。

在日を生きた父ちゃん

父ちゃんは十代で日本に渡って来て、真っ正直で一本気の男気だけで生き、五十四歳で来阪してからは土木会社で働き六十五歳で定年退社、それからの日々はテレビを見ながら一杯の酒を飲むだけが楽しみ、旅行に誘ってもお前たちだけで行って来いと留守番をしていました。

生前、大阪に上がってきてから数年後、父ちゃんが言うには、「お前が俺をアホにした」と。後で考えると、田舎で貧乏暮らしをしていても家族を養う責任と誇りが、生きがいだったのかなと思いました。

韓国の土地を捨て、単身日本に渡って来た背景には何があったのか父ちゃんは何も語らず、僕も何も聞かないままとうとう逝ってしまいました。

あとになって時々思うのは、在日一世の父ちゃんが僕達兄弟子供に残したものは何かなと、子孫を増やし外国の地（日本）で生きて行くにはまず身内を増やしみんなが近くに住む事。次を引き継ぐ在日二世僕達の役目は、在日三世の為に生活環境のレベルアップをすること。教育向上、チャレンジ精神等、後々いつまでも子孫を見ることは出来ないけれど、父ちゃんから受け継いだ「生き様」を受け継ぎ、素直に真っ直ぐ真面目に一生懸命生きる事が大切だと思う今日この頃です。

一時期、韓国の母ちゃんの実家に行った時、従兄が父ちゃんの生きている間なら韓国の土地を取り戻せると言われましたが、僕は日本で永住すると決めていたので断りました。

遠い親戚のおじさんが墓守をしてくれると言うので全てをそのままに、未練はありませんでした。

母ちゃんが亡くなってから十六年、父ちゃんは六万寺の家で武夫と二人暮らし、母ちゃんが居る間は何一つ用事をしなかったのが買い物や炊事に洗濯、料理はいつの間にか覚えて味付けも美味しく母ちゃんに生前に習ったのかなと思うほどでした。特にお米は虫のわくほど買いだめしてご飯はいつも炊いていて、いつ子孫たちが来ても食べられるようにと用意していました。

そして、季節の良い時は玄関の戸を開けて上がり框に座り、外の景色を見るのでなく子供や孫達が遊びに来るのを楽しみにしていたのかなと思います。

だけど、近所に住む富子姉ちゃんには甘えていつも我儘を言っていました。

長島愛生園再訪問

この頃なぜか、新しく生まれ変わった八尾市人権西郡地域協議会の副会長をしていました。

二〇〇三年（平成十五年）十一月に希望者を募り、岡山県の国立ハンセン病療養所・長島愛生園の現地研修会に行くことが決まり、桂解放会館で担当者が来て説明会が開かれました。

僕はハンセン病の事はまるっきり無知、説明会で担当者にもしハンセン病がうつったらどうするのかと聞きました。

説明会が終わって帰りかけたら金さん良い質問でしたと言われて、すぐに理解出来ませんでした。

話を聞くとハンセン病を知らない人達は、ハンセン病がうつるという事を一番心配するそうです。

だから皆さんに説明が出来てよかったと話してくれました。

そこまで言われたら、現地研修会行きを断るわけにはいかず参加することにしました。

愛生園の研修会で、講師の金泰九さんに、今までに「一番嬉しかった事は何ですか」と質問すると、本土とつながる「人間回復の橋（人権の橋）」がかかったことを言って、苦しかったことは在日とハンセン病の二重差別問題であり、物事は「正しく知って正しく行動する」ことが大切だと話してくれました。そして一度来ても二度来る人は少ないと話されたので、反射的に僕は「又、必ず来ます」と言って帰りました。

年末に金泰九さんが、八尾のハンセン病の研修会の講師として来てくれることが決まりました。

僕は同じ名字なので何となく親しみを感じ、鶴橋でキムチや、

金泰九さんと僕（右）

韓国海苔、韓国の餅等を買いお土産を手わたしました。

二〇〇四年三月（平成十六年）奈良県平群町のタウン誌「うぶすな」の編集長長田朱美さんと金泰九さんの取材を兼ねて訪ねました。この日は事前に行く約束をしていたので、金泰九さんは昼食の弁当を用意し不自由な手でスジ肉のおつゆを作り待っていてくれました。韓国風味で美味しかったです。

その日、金泰九さんの所へは、ハンセン病の研究されている先生の助手で、岡山在住の三

宅淑子さんが来ていました。前回、僕は金泰九さんに写真集「業平ロマンと花の里」をプレゼントしてあったので、写真集の作者にぜひ会いたいと一緒に待っていてくれました。

食事の後、金奏九さんは十年前に韓国から杏子の実を持ち帰り、その種を植えたことを話してくれました。その杏子の木が大きくなりピンク色の花がその日は満開。真っ青な空の下、金泰九、三宅淑子、長田朱美と僕、杏子の花をバックに記念写真を撮りました。

その後、金奏九さんから色々な雑談や体験談を聞きましたが常に前向き、ハンセン病の恨みつらみも暗い過去は一切語らず、僕の話も丁寧にきいてくれました。

そして前回訪問した時に持参した紅白のチュリップ（球根）三十個はまだ蕾でしたが、後日、満開の頃に三宅さんが写真を撮って送ってくれました。

その日、愛生園の帰り道に、邑久光明園へも寄って崔龍一さんを訪ねました。崔龍一さんは写真が趣味の方で会話もはずみ楽しく、入園以来の邑久光明園で撮りためた風景写真も見せてくれました。

二〇〇二年（平成十四年）九月には、「猫を食った話」という本も出版されていました。

一九四九年（昭和二四年）に金奏九さんは現大阪市立大学中退、一九五二年長島愛生園に入所して現在まで在日ハンセン病患者、差別偏見と闘った生き様をまとめて、二〇〇七年十月には在日朝鮮人ハンセン病回復者として生きた「わが八十歳に乾杯」を発行、僕は岡山の会場での出版記念パーティへ、金泰九さんの家で知り合った三宅淑子さんと一緒に出席しました。

その五年後には、金泰九さんはドキュメンタリー作品「虎ハ眠ラズ」を田中幸男監督で完成、岡山の発表会会場へこの時も三宅さん夫婦と一緒に参加しました。

一九九八年（平成十年）七月三十一日、らい予防法違憲国家賠償訴訟が熊本地方裁判所に提訴され、二〇〇一年（平成十三年）五月十一日に原告全面勝訴の判決が下されました。

金泰九さんは愛生園からただ一人、熊本訴訟へ初めから原告参加した方でした。

平群町のタウン誌「うぶすな」

話は少し戻りますが、二〇〇二年（平成十四年）平群町に住む長田朱美さんから連絡があり会いに行きました。平群町のタウン誌「うぶすな」を発行するので協力してほしいとの相談でした。長田さんは以前にも「平群の広場」と言うタウン誌に仲間と十年以上かかわって来ましたが、自分なりの思いがつのり、今度タウン誌「うぶすな」を新しく立ち上げたいと思ったそうです。

二〇〇一年（平成十三年）、平群町道の駅「くまがしステーション」で「業平ロマンと花の里」個展の時、取材を受けていたこともあって面識がありました。僕はまた未知との遭遇だなと思いながら聞くと、毎月二万部の発行の、タウン誌「うぶすな」は二千二年七月から始まりましたが、立ち上げ当初だけに新聞への広告募集や印刷代など会費で、運営資金を含めて苦しいなかの相談でした。

しかし徐々に会員も増え交流会も始まり、法隆寺の長老種村大超、続いて長老高田良信さんも連載されていました。僕も毎月発行の写真連載を頼まれ、ふと以前、八尾の写真講座で高橋先生に大和川の堰に溜まったゴミの写真を環境問題にいいなと褒められていたことを思い出し、それをテーマに「大和川慕情」として連載することに決めました。

大和川は全国一級河川（百九）、奈良県都祁村を源流に初瀬、桜井、斑鳩、県境の亀の瀬から大阪府柏原、堺、南港へと全長六十八キロを流れ、水質は常に全国ワーストワンが指定席の川でした。

撮影を始めると、奈良県内は季節感がありますが大阪府内になるとコンクリートの建物が立ち並び、季節感はなく景色は様変わり、それだけに三輪山付近から南港まで約五十キロの風景・生活・環境を意識して撮影しました。

撮って見ると奈良県がわでは特に川幅は狭く上流から大阪南港まで、ゴミの無い地域は少なく仕方がないゴミも作品の一部と思うようになりました。

タウン誌「うぶすな」での大和川慕情の写真掲載は二年で降板、撮りためた写真を富士フィルムフォトサロン大阪の審査に出しました。前回、富士フィルムフォトサロン大阪で個展をした時、「もう一度必ず挑戦する」と決めていたことで、今度も審査に受かった時は本当に嬉しく祝杯を上げました。

二〇〇五年（平成十七年）六月十三日、写真集「大和川慕情」千冊発行。

二〇〇五年七月十五日～二十一日、大阪丸ビル、富士フィルムフォトサロン大阪で、「大和川慕情」個展を開催しました。

展示会場で写真の講師をされている方に、金さんは前回、平群町の写真ではビニールハウスを作品に、今回はゴミを作品にしたなと言われて初めて気がつきました。

映画「あかりの里」制作に参加

二〇〇四年（平成十六年）、平群のタウン誌「うぶすな」に斑鳩町の浄念寺副住職横田丈実さんが入会、年齢は三十八歳、大学生の時から映画を十本以上撮っている脚本・映画監督でした。

その頃、平群町には六町合併（平群・王子・三郷・安堵・斑鳩・河合）の話がありましたが流れて、よし、では文化人でまとまろうと話が持ち上がり、映画を作る事が決まりました。

十三人の発起人で製作費を集め、うぶすなの会員さんやその他の人々にもカンパを募り、横田監督に脚本を頼み、六町を舞台に里山の人情ものを書いてもらい、プロデューサー長田朱美、監督・脚本横田丈実、映画「あかりの里」製作委員会を立ち上げ、題字は法隆寺の長老、高田良信さんに書いてもらいました。タウン誌「うぶすな」編集長の長田朱美さんは、男顔負け抜郡の行動力でした。

横田監督以外は全員映画作りが初めての体験、ロケ地やエキストラもそれぞれ地元に協力をお願いしてスタートしました。役者スタッフだけでも二十人以上、失敗と模索を繰り返しながらそれでも二週間で撮影も無事に終わり、編集を終えて二〇〇六年に完成。

二〇〇七年地元で封切、奈良県内で上映しながら大阪の第七芸術劇場、東京でも上映、僕は事務局長を任されましたが初めての映画作り、少ない予算の中で色々問題もあり映画が完成した後、打ち上げで皆さんに「本当に御苦労様、有難う」の言葉に、やっと終わったなと。長いトンネルをくぐり抜けたような気分でした。十三人の発起人も映画の中にそれぞれチョイ役で登場、百六分の爆笑、泣き笑い、思い出いっぱいの記念作品になりました。

映画制作が始まる前、横田監督は僕を大阪玉造にある居酒屋「風まかせ」（文化サロン）を紹介してくれました。オーナーのかんこさんは昔から十三の第七芸術劇場との絆が深く、毎月映画ファンが集まり決めた作品を見て翌月、感想や意見交換するとのこと、どんな人たちなのかはじめは僕とは縁遠い雰囲気を感じていましたが、それぞれ個性的な魅力もありいつの間にか六年過ぎていました。

その後「風まかせ」は十三の七芸近くへ引っ越しました。

大和川市民ネットワーク

二〇〇四年、大和川が柏原から堺へ千七百四年付け替えられてから三百周年の年、大和川市民ネットワークが立ち上がり、僕もテーマの一つが大和川なので参加しました。

この頃、ラジオ大阪で毎週土曜日十時半から十一時にかけて「人・ゆめ・未来・大和川」の放送が始まり、奈良テレビ・ラジオ大阪への出演や子供達の大和川での写真教室を頼まれ、知らない間に大和川大使の一人として名刺を刷って送ってきました。

二〇〇五年（平成十七年）十月、育美に第二子待望の長男、換（ファン）君が生まれました。

里山保全グループ「カチカチ山」

二〇〇四年（平成十六年）の春、平群町福貴畑地区のお気に入り場所、桃源郷に写真撮影へ行くと、毎年眺めていた景色が一変している。

「えっ……なんだこれは」その場所は東向きに緩やかな谷となり、春には白木蓮や桃の花が咲きみだれ、平群町の中でも景色が特に素晴らしく、花の季節（桃源郷）にはカメラマンが多数訪れる、撮影ポイントになっていたのです、その東向きの谷の左側にある小さな丘も知らない間に整備されていました。

その入り口には見慣れない人がいて、話を聞くと、里山保全のグループ「カチカチ山」を仲間と立ち上げその事務局長の田中さんでした。

僕は大好きな平群町を長年写真のテーマに撮影している一カメラマン、活動内容の説明を聞いて早速その場で会員になりました。

整備される前は、雑木林に竹や笹が生い茂り野放しの状態でしたが、今ではナラやクヌギをバランスよく残し、小さな小高い丘にはさわやかな風が吹き抜け、スラリと伸びた木立の間からは矢田丘陵や平群谷への展望が開け、見上げる木々との空間も心地よくリラックスできました。

それからは、撮影の度にカチカチ山に誰かいれば声をかけて訪ねるようになりました。クラブ撮影会や写友達と撮影中に立ち寄ったり、トイレを借りたりお茶をふるまって貰ったりいつも気さくに迎えて頂き、休憩場所としてありがたく利用させてもらっています。時々、プライベートでお邪魔して一杯飲んでの雑談、会長の星野さんと事務局の田中さんに年齢を聞くと同世代の方で、まだ現役で働いている会員さん達も居られますが、定年後に入会された方々はそれぞれに社会で活躍され、余生を好きなよう生きる術を知っている方達で魅力的でした。

この会は年々口こみで会員さんも今では百人を超え、カチカチ山の斜面を利用して自然栽培用の畑を耕し、また、特技を活かし雨風をよけるビニールハウスやログ倉庫まで作っていました。

それ以外にも竹炭を焼いたり、薫製用の窯を作っての料理を楽しんだり、国蝶オオムラサキをふ化させたりするなか、時にはイタチや青大将、狸やイノシシも出没するが、これは仕方がないことゆえ柵や小屋を作って山羊やニワトリの放し飼いをするなど、それぞれ自然と調和して楽しく活動していました。

春には手作りの能舞台で花見に音楽会、秋には観月祭、多彩な芸事の発表会もしていました。

その度に、会員さんたちは四季折々に栽培して採れる野菜に椎茸、ワラビやセリにタラの芽など山の幸を収穫して持ち寄り、女性会員による昔ながらの懐かしい手料理に舌づつみ、初参加の人達とも和気あいあい、一杯飲みながらの親睦も楽しく過ぎゆく時間を忘れるほどでした。

仲間内の協力関係やバイタリティーも素晴らしく、里山保全「カチカチ山」の活動も順調に育まれているようでした。

また、夏休み親子見学体験コーナーでは竹細工教室（竹とんぼ作りなど）、バードウオッチング、動植物や昆虫の観察会を催し、今年も「奈良県山の日川の日」をイベントとして親子自然・体験教室を募集し、抽選で四十人来山、常に自然と共生を意識した行動が本当に素晴らしいなと感心しています。

そして、趣味やボランティア活動だけに終わらず、地域にも貢献し、桜林、雑木林、竹林、遊歩道など含めての整備や管理も積極的に引き受けていました。

最近は異常気象に天候不順、おまけに年々夏草や竹の勢いが強く押され気味、特に近年ナラ枯れも多く発生、対策に追われ再生させるにも大変な労力が必要となり、仕事は増えるばかりです。ここ十数年来中心的な活動をしてきた会員さん達も寄る年波と暑さに少しバテ気味ですが頑張ってほしいものです。

そんな状態を知りながら僕自身は何の手助けもせず、他人事のように眺めてきましたが、最近の事情を聞くと、元々里山が好きな仲間、元気な会員さん達のこと、積極的に作業を率先し「里山を守るには、今できることは何か」を提案、アイデアをだし合い前向きな行動へと発展しているようです。

僕も入会当時は、少しは手伝いをしましたがなんせ山口県の田舎育ち、山や畑仕事はもう懲り懲りだけどカチカチ山の雰囲気や自然は好き、筍掘りで孫の喜ぶ顔を見て七夕の笹を貰いに行き、いつも身勝手な自由参加をお願いしています。

キラキラと光りこぼれる夏木立

カチ（ＫＡＴＩ）とはアフリカのタンザニアの言葉、カチが中の意味、カチカチと同じ言葉を重ねると中心となり、「里山の中心的」になるとの思いを込めて名付けたそうです。

智錫兄さん

僕の家内白洋子は五人兄弟の真ん中で、後は男兄弟四人の長男が白智錫さんでした。

智錫兄さんは塗装会社を経営していましたが、僕が塗装の会社を辞める直前に近所の公害の（シンナーなど）苦情で会社を閉めたそうです。その後はスクラップ回収業を始めました。

智錫兄さんは、体重も九十キロちかくあり、仕事が終われば毎日、お酒もビールも大好き馴染みの居酒屋に立ち寄っていました。

その居酒屋メンバーがゴルフのコンペを企画したので参加し、ゴルフが終われば当然飲み会があり、何度か一緒に飲みましたが程よい距離感で気楽に付き合えました。

又、智錫兄さんは飲んでも理屈は言わず、人の話を聞きながら飲むおおらかな感じの人でした。

それが突然の悲報、仕事帰りにあるチェーン店の駐車場にトラックを止めてそのまま、大事故にならず最小限の迷惑で済みました。智錫兄さんは常日頃から血圧が高く、でもあまり気にしているそぶりはみせず、飲みたいものは飲み食べたいものは食べ、智錫兄さんらしい最後だなと思いました。

二〇〇六年（平成十八年）十二月六日享年六十三歳でした。

庸夫兄さん

下関に住んで居た父ちゃんの弟（金甲先）が突然の事故で亡くなり、庸夫兄さんと功子姉、富貴、の三兄弟が山口県宇部市小野区鍛冶屋河内の家に来て同居、あくる年、庸夫兄さんが中学卒業して名古屋の叔父さんの会社に就職、一年過ぎて妹二人を引き取り名古屋へ連れて行きました。

だから庸夫兄さんと初めて会ったのは僕が小学五年生の時、その僕は中学卒業して大阪に就職二十歳を過ぎ初めて名古屋に遊びに行きました。子供の時に会っただけで本当に久しぶりなのにまったく違和感はなく、一緒に名古屋競馬場の厩舎へ案内され持ち馬を見せてもらい、トルコ風呂に連れて行ってもらい楽しい時間を過ごしました。

その後、僕の家族も大阪に引っ越し、庸夫兄さんも結婚してハンメ孝行がしたいから一度、名古屋の新居に連れて来てくれないかと電話があり、車でハンメを乗せて西名阪国道を走り連れて行き、一年後また車で迎えに行きました。

さらに数年が過ぎて、布施で飲んでいると急に銀兄に岐阜へ飲みに行こうと誘われ、車を飛ばし柳ケ瀬まで行きました。あくる日は、銀兄も以前に庸夫兄さんと面識があったものだから名古屋に行き鯉料理を食べて帰りました。その後も、僕や勝美や英雄、辰夫の結婚式にも来てくれて、父ちゃんには伯父き伯父きと呼びながらいつも上機嫌で飲んでいました。

時には、僕が名古屋に顔出しに行くといえば、勝男は本家の長男だから動くな、自分たちから動くと言ってくれました。

二〇〇五年（平成十七年）、暮れに庸夫兄さんから電話で癌がみつかり入院していると連絡がありました。

僕達兄弟も正月休みを利用して庸夫兄さんの見舞いに行こうと話していましたが、年明けて正月二日になぜか胸騒ぎがして、急ぎ家内と二人で名古屋の病院へ見舞い行きました。

会って見ると思った以上元気な姿にほっとしました。庸夫兄さんも「勝男に会えて良かった」と繰り返し言ってくれました。

二〇〇六年（平成十八年）一月八日、享年六十四歳。僕達兄弟も見送りに行きました。

従兄弟でただ一人の兄貴だった庸夫兄さん、僕と家内が帰った後すぐ容体が急変しドクターストップ。

映画「大和川慕情」制作

二〇〇七年（平成十九年）横田監督から僕の写真集「大和川慕情」で映画を撮りたいと電

話をもらいました。詳しい話は会ってゆっくり相談することにしました。

映画は、監督・脚本は横田丈実、プロデューサー金勝男、協力大和高田の夢前塾。今回の映画「大和川慕情」は、大和高田市の昔から続く製氷所を守る二代目、その二代目に製氷所を継がせて趣味の写真に没頭する初代の祖父、祖父を追い出したと勘違いして父親に反抗的なカメラマンの孫と親子三代の物語です。

撮影場所やエキストラは、大和高田市の夢前塾が町おこしの一環として企画をたてて全面協力してくれる事になりました。次は予算を決めて資金をどうするか、映画「あかりの里」で経験済みで内容は理解できますが、横田監督と僕だけでは予算がきついので、スポンサーを探すことにしました。

横田監督は斑鳩で大念仏宗浄念寺の副住職、檀家の会社社長には映画「あかりの里」で発起人の一人であり僕も知り合っていたので再度のお願いをして協力を得ました。

出演者も前回同様、関西芸術座の俳優さんにお願いしながら、又、主役の俳優はオーデションで選び、他のプロダクションの俳優さんにも出演依頼。カメラマン・照明・音声・編集・メイク等、多くのスタッフたちにも、再度の無理なお願いをして予算内で了解を得てスタート、十一日間で撮影も無事終わり、音楽は神戸三宮のスタジオで生録音しました。

横田監督が気を使い、映画は親子三代の物語なのだから金さんも親子三代で出演したらと言ってくれたので徹、育美夫婦、孫の愛里ちゃん換君と五人で出演しました。

二〇〇九年九月、映画「大和川慕情」七十二分。完成。大和高田を封切に奈良県内や大阪十三の第七芸術劇場は支配人ともすでに顔見知り、頼み込んで一週間ゴールデタイムに上映しました。その後、東京でも上映、八尾プリズムホールでは午前午後と二回上映、二回とも八十席がほぼ満席でした。

二〇〇八年（平成二十年）十二月、正長君と美幸（次女）が結婚したのでこれでやっと肩の荷がおりました。

武夫の事故死

二〇〇九年（平成二十一年）七月三日朝七時、朝ご飯の最中に忠夫から携帯電話があり、嫌な予感がしました。双子の弟忠夫と武夫が和歌山の太地港へ魚釣りに行き早朝、太地に着き車で仮眠していて忠夫が目を覚ますと武夫がいない。一人で堤防へ釣りに行ったのかなと探しながら堤防に行って下を覗くと、テトラポットの間で波にさらわれ浮いて見え隠れしている武夫を見つけ、電話はさながら実況中継でした。警察に連絡をして待て、すぐ行くからと電話を切り辰夫に連絡して一緒に和歌山の太地港へ急ぎ、昼前に太地港に着き忠夫に電話したら太地港の漁師さんが武夫を引き上げてくれたそうです。

新宮警察に居ると言うので警察に行くと遺体安置所に案内され、見ると救急車の移動式ベッドの上に寝かされ、薄く白いビニールがかけてあり下には血が薄く垂れていました。

警察で説明を聞くと、堤防へ魚を釣りに行きテトラポットに乗り移る時に足が滑り落ちたのではとのこと。落ちた時の打ち所も悪く、後頭部を打ったのが致命傷になったのだろうという事でした。事故証明はすぐ出すので引き取りはいつでもいいですとのこと、葬儀屋に電話してすぐ大阪まで搬送を頼みました。葬儀屋の車は和歌山周りで、僕は一人で車に忠夫の車に辰夫が一緒に乗り一六八号線を帰りました。途中工事中のところで忠夫はガードマンに止められ、僕は無性に腹が立ち無視して山道を吹っ飛ばして先を急ぎました。

西吉野近くまで来た時、少し落ち着いたので忠夫の車を待つことにしました。すると目線の先、山裾に真っ白な蛍袋の花が目に飛び込んで来ました。

午後四時ごろ、小雨降るうす暗い山道、水滴いっぱいの真っ白な蛍袋の可憐な花、その周りだけにかすかな光が射していました。

二人が追いついてきて写真を撮っている僕を見て、「兄ちゃんこんな時何しているん」気が付くとただひたすらシャッターをきっていました。

二〇〇九年（平成二十一年）七月三日　享年五十一歳。

武夫が亡くなってみると、今まで考えもしなかった事が浮かんだり思い出したりしました。年の順ならあきらめもつきますが、末弟で双子の兄弟だけにあとに残った忠夫の事は、同じ兄弟同士でも微妙に感情に温度差がありました。

この頃、英雄は自営、辰夫は武夫と共同経営、忠夫も自営。毎年盆正月と年に何回かの法事で、僕の家で親族一同が集まります。末弟は年が十三歳下なので、法事が済み兄弟で飲むときどうしてものんきな武夫には命令口調になり、優しく接した事も少なかったように思います。

しかし武夫は兄弟のなかでは一番物事にこだわらず、何があっても怒らず、何でも「いいちゃいいちゃ」を連発していました。特に母ちゃんは三十八歳で生んだこの双子を不憫な子だといつも気にかけ、行く末を心配していました。そんな母ちゃんの気持ちを知りながら結婚もさしてやれずほったらかしにして、会うと説教ばかりしていた事にも悔いが残りました。

気がつくといつの間にか、ハンメも母ちゃんも父ちゃんも亡くなり、兄弟では最初に末っ子の武夫が亡くなり、今では好きな事ばかりしている自分を反省、今まで親兄弟や法事など何かにつけて気配り協力をしてくれている家内に富子姉ちゃんと勝美や英雄の嫁と辰夫の嫁に、感謝とお礼の気持ちを込めて葬儀のあとしばらくしてプチ旅行を企画、参加してもらいました。

僕が運転して六人でワゴン車に乗り、兵庫県三田屋の本店で食事をして、有馬温泉で宴会一泊、翌日は神戸周りで北野異人館から南京町を観光し中華街で食事をして帰りました。

ユリ

還暦過ぎて、ふとした成り行きで知り合ったユリさんは今まで僕と縁のなかった、全て一流の文化や芸術の世界を見せてくれました。

僕には観るもの聞くもの体感するもの、何もかもが新鮮で感動でした。

そしてユリさんは、母ちゃんとイメージが重なる時もあり、印象は「大和撫子」でした。

フォト「つぶやき」発行

二〇一〇年（平成二十二年）五月、美幸に待望の長男楽生君が生まれました。

二〇一一年（平成二十三年）十月八日には夜明け前に、急に六十五歳の体力気力を試したくなり、日の出の方向斑鳩法隆寺を目標に、八尾の自宅からカメラを持って歩き始め、まずは生駒信貴山系の十三峠を越え平群町へ、そこから矢田丘陵の白石畑を超え法隆寺まで二十キロ弱の道のりを走破し、十一時半過ぎ何とか目的地に無事にたどり着きました。

きつかったのは矢田丘陵白石畑からの峠を越えたところからの下り坂は急こう配で曲がりくねり、疲れきった足にブレーキがきかず止まれないので小走り、アスファルトの道は頭の芯まで響くのでなるべく道端に寄って、少しでも土か枯葉や草の上を選んで走りました。

法隆寺カントリーの下まで止まれない小走りは本当に死にそうでした。帰りは斑鳩の友人に法隆寺駅まで送ってもらい、八尾のＪＲ久宝寺駅へ家内に迎えに来てもらいましたが、その夜は全身筋肉痛で身じろぎもせず、まるでミイラのようにして「明日は起きられるかな？」と思いつつ眠りました。

一か月が過ぎた頃、やっぱり人は動かなければ何も始まらない。カメラを持って歩き始めた夜明け前の写真、これから登る十三峠を見て何故か、ふーっとカールブッセの詩「山のあなたの空遠く幸い住むと人のいふ……」の一節が思い浮かびました。

最初に撮った一枚の写真に何気なく文字を入れてみると面白い、その成り行きで今まで撮りためていた使い道のない写真、それぞれにイメージが湧きそこでキャプションをつけてみました。

すると物言わぬ、動植物や静物たちが活き活きと個性を発揮しはじめ、私自身も楽しく作品作りに没頭、作品が出来るとまた発表したくなります、八尾市のフォトかがやきの高橋先生に見てもらうと「面白いなあ〜」と言ってもらえたので又個展に向けての夢がふつふつと湧き、調子に乗って写真集を千冊作りました。

二〇一二年（平成二十四年）十二月十四日フォト「つぶやき」写真集発行

映画「加奈子のこと」制作

二〇一〇年（平成二十二年）、又、横田監督から映画「加奈子のこと」を制作するのでプロデューサーを引き受けてくれないかと連絡があり引き受けることにしました。

今回は横田監督の地元斑鳩町並松に住む檀家さんの一軒家を舞台に、妻を亡くした独居老人の問題を横田監督の住職としての思い入れもふくめ短編にまとめた作品でした。

また今回も前回の「大和川慕情」と同じく、出演者は関西芸術座や他のプロダクションの方、カメラマン・照明・音声メイク・編集の方々にも、毎度の無理を承知でお願いして、映画、「あかりの里」「大和川慕情」今回の「加奈子のこと」三本続けて出演された俳優、スタッフ一同、気心が分かっているので和気あいあい。また横田監督の勧めで今度は次女美幸の長男楽生君（三歳）を抱っこして一緒に出演。二〇一二年に映画「加奈子のこと・三十三分」五日間で無事撮り終えて編集、二〇一三年完成。

今回も大阪十三の第七芸術劇場を封切に大阪・奈良県内各地で上映しました。

横田監督とは知り合った頃（二〇〇四年）には、以前から斑鳩町依頼で地元の題材を受けて脚本に書き下ろし横田監督主宰「劇団いかるが」が、毎年いかるがホールで十一月に発表会をしています。

振り返ると、横田監督と知り合って六年が過ぎ、映画と言う未知との遭遇、おかげで別世界を知りました。横田監督の歳は僕より二十歳若く、時々一緒に飲みますが、韓国料理も結構好きで八尾に何回も来ていました。横田監督は融通念佛宗の斑鳩・浄念寺の住職ですが抹香臭い話はいっさいせず、目線は常に毎年斑鳩ホールで秋に主宰している芝居や、映画制作のネタやロケ地探しをしているようでした。

僕とは育った環境や性格もまるでちがいますが、それでも何となくうまがあってよい同行の士だと僕は勝手に思っています。

生涯学習センター俳句教室

二〇一二年（平成二十四年）四月からは、八尾市生涯学習センターかがやきの「河内野」を主宰している山下美典先生の俳句教室に入会しました。柄にもなく一度、俳句とは如何なるものか勉強（体感）したいと思っていました。

この時期、色々行事も重なり感じたことは、俳句は用事を重ね持って出来るものではないと思いました。そこで二〇一四年三月の二年間で一旦休止、山下美典先生や仲間には自分勝手を謝り退会しました。

俳諧を提案して、有志、車一台に乗って平群町の信貴山と千光寺へ二回行きました。俳句の楽しさも少しは分かり人生後半又、ゆっくりしたら必ずもう一回チャレンジしたいと思っています。

大阪・新宿　富士フォトギャラリー個展

二〇一三年（平成二十五年）三月七日から十三日、大阪の富士フォトギャラリーで、フォト「つぶやき」の個展を開催しました。

今回は探訪「平群町写真講座」の生徒たちが個展の受付当番を手伝いしながら、中日に個展の閉館後本町のビルの上階にある展望レストランからの夕景撮影会と個展祝いをしてくれました。

続いて東京新宿の富士フォトギャラリーでは二会場貸し切り、二〇一三年三月二十二日から二十八日まで、フォト「つぶやき」と「大和川慕情」の同時開催でした。

三月二十一日の朝、新幹線で東京への車中で車掌さんに富士山の見える時間を聞き、デッキに行って待ち構えました。東京で初写真展の前途を祝いパチリ、快晴、綺麗な富士山が撮れました。

東京の富士フォトギャラリーは新宿御苑のすぐ近くにあり、休憩を利用して受付は東京へ来て音楽を志し勉強しながらプロ活動している大阪府東大阪市布施出身のお嬢さんにお任せして、三月二十三日には快晴、桜満開、新宿御苑。続いて二十七日は雨、落花の新宿御苑ルンルン気分でシャッターをきりました。

充実した一週間の過ぎるのを早く感じ、写真展も新宿御苑の桜にも大満足でした。

写真展が済んで一息つくと、今回の大阪・東京新宿フォトギャラリーの写真展でも又、友人知人にずいぶんと気を使わせ迷惑もかけたなーと思いました。

一番びっくりしたのは、丹波の田中義隆さんが初日朝一番に来てくれたことでした。

八尾市写真協会の高橋弘先生が、フォト「つぶやき」の写真集発行のパーティを勧めてくれました。

前回「大和川慕情」の時も勧めてもらいましたが、そのときは遠慮させていただきました。

しかし今回は少し迷いましたが、今が「金さんの旬」だと言われて準備を始め、発起人その他のクラブや団体そして友人関係の参加予定者の名簿を作ると二百人を超えていました。梅田のホテルを知る兄弟子がいて会場も了解、初めて家内に相談するとなんと「猛反対」、今までは何事も好きにしていたので当然了解だと思っていましたが、予期せぬ返事に唖然(本気で怒ったときの家内は怖い)先に相談して承諾を得ていた発起人にも丁重に謝って止めることにしました。

家内が言うにはこれ以上「人に迷惑かけるな」でした。

与謝野晶子歌碑

大和川をテーマに撮っていた縁で、二〇〇八年(平成二十年)に「大和川市民ネットワーク」の立ち上げに参加して以来、様々な行事に時折参加していきました。今回は大和川に与謝野晶子の歌碑を建てようと話が持ち上がり、何故かまた呼びかけ人に僕の名前が連ねてありました。

二〇一二年五月二十五日「大和川に与謝野晶子の歌碑をたてる会」発足。

大和川の与謝野晶子歌碑

歌碑資金は、応援者三七五人よる協力、カンパ、それに晶子歌碑基金などで目標額も集まり、地元会員に知り合いの石材店の協力もあり、JR阪和線浅香駅から浅香山浄水場跡への浅香山緑道、大和川のよく見える場所に御影石の堂々とした歌碑が無事完成しました。

二〇一三年九月七日に除幕式が行われました。

歌碑表には、「大和川砂にわたせる板橋を遠くおもへと月見草咲く」とあります。

探訪「平群町写真講座」開講

以前、二〇〇一年（平成十三年）には平群町をテーマ「業平ロマンと花の里」個展。そのときのデーターと展示作品（全紙十三枚・半切三十七枚）を平群町に寄贈しました。

今回、その写真を図書館で展示したいと平群町「あすのす図書館」館長西村君江さんから電話がありました。寄贈した作品なのでお好きなように使って下さいと、でも内心むしろ作品が又、展示されることを嬉しく思いました。

続いて、平群町で写真講座を依頼されてこれも了解しました。生徒募集をして二〇一二年（平成二十四年）四月から探訪「平群写真教室」が始まり、二〇一三年からは講座卒業生によるフォトクラブ「くまがし」が始まり、その後卒業生は順次フォトクラブくまがしに合流しました。

その縁で、図書館「あすのす」に出入りすることになり、西村君江館長に読む本の選び方や地域の文化、情報、歴史保全と、本を借りるだけでなく図書館の大切さを知るようになりました。

アド近鉄に協力

二〇一三年（平成二十五年）、平群町経由でアド近鉄からパンフレット・ホームページ作成の写真依頼がありこれも引き受けました。

平群町は写真を撮るには最適です。夕景を撮るには東に矢田丘陵、朝焼けを撮るには西に生駒信貴山系、南北に万葉の竜田川が流れ近くて安全、撮影場所も豊富で歴史的にも信貴山朝護孫子寺や名所旧跡も多く、また時代と共に開発される新しい景色等、勉強もかねて、講座生と一緒に四季を通して、今ある平群町の全てをテーマに撮り千枚以上の作品を納めました。

二〇一四年、アド近鉄より吉野郡下市町のパンフレット作成の写真依頼があり引き受けました。初めての下市町、被写体を探し求めて隅から隅まで走り回って四季折々の下市町の自然風景と生活環境をテーマに撮り、数えてみると一年間で六十回通っていました。写真は期限内に納めましたが、僕なりにまだ取り残しの感がありもう少し通うことにしました。

下市町の写真は、僕も自由に使う約束をしていたので又、個展を考えるようになりました。

廃業して

家族や知人から今まで頑張って働いてきたのだから、大きな怪我のないうちに辞めてはと説得され、七十歳までは仕事を続けるつもりでしたが予定より少し早く仕事を終える事にしました。

廃業するにあたり得意先には後の引継ぎを紹介して、長年お世話になったお礼と感謝の気持ちも込めて、此れからの目標と我が儘を説明し無事廃業しました。振り返ると会社勤めを辞めて、屑鉄業「金沢商会」を独立して約三十六年が過ぎ、名刺を配り一軒一軒得意先を開拓した頃からのことを思い出します。

一番初めにできた得意先が廃業するまで変わらぬ御厚情に感謝、三十年間以上の取引も数社ありお得意先の招待で北海道、沖縄旅行、一泊ゴルフ、別荘にも招かれるなど又、女性パートだけの会社では忘年会にはいつも応援参加、飲んで歌って楽しく過ごしたこともありました。

その他、ピーク時は得意先も三十二軒あり長年お世話になった得意先を振り返ると、本当に有難く感謝あるのみです。

そして、十五歳で山口県小野中学校を卒業、大阪に就職して五十四年間、無事健康で休むことなく働けたことは幸せでした。

二〇一四年（平成二十六年）十二月二十九日六十八歳十カ月と二十一日で廃業しました。

真面目に本業が一番

廃業して、振り返ると僕は金儲けというか起業には才が無かったなと、昔、結婚して子供も出来て間もない頃、都島区の城北公園で「やわら会」のメンバーと花見、隣り合わせたグループは紅白の幕を張り、新地の姉さん達も同伴、盛大な花見に声かけて飛び入り飲み会している時に、金儲けを教えるから訪ねておいでと、飲んでいるわりには真面目な顔（代表）で、聞けばグループは大阪中央卸市場（水産）の方々でした。又、独立して間もない頃、スクラップの売りに行く問屋では社長の友人に、兄ちゃん男前やなぁーと具体的で真剣に、「日活に紹介」を誘われました。

またその当時屑鉄商をはじめて一年が過ぎた頃、問屋の社長には今ある得意先込み一ヵ月百万で働かないかと誘われましたが「鯛の尻尾より鰯の頭」と思い丁重に断りました。

それからしばらくして、知り合いから三千万出すからと屑鉄商の問屋の開業を勧められましたがそれも断りました。得意先の機械製造会社からも設備の下受けや、工事現場の足場組立てリース、解体業も後押しすると兼業を勧められました。この頃僕の考えは、もう二度と借金は嫌、自分のことは自分でやる本当の意味でやっと「自由に」なれた気がしていました。

少し金銭的にも余裕が出来て調子にのり株にも手を出し、初めは儲かったのですが少し内容が分かってくると又、調子にのり惨敗、きっぱりやめました。

他にも諸々ありましたが「たら・れば」ではないけれど、どれか一つでも引き受けていれば、写真にも出会わず人生は変わったかなと思いますが、今は後悔もなく声かけて貰っただけでも嬉しい縁でした。

危ない経験

一九七九年、（昭和五十四年）に独立して現在にいたるまで約三十五年間を振り返ると、何度も世間に助けられ、後で考えるとゾッとすることも多々ありましたがともあれ無事通過しました。仕事の話は多種多様、よくもこんな仕事がと思いますが、運転免許一つで怖いものもためらいもなく、声のかかった仕事は全て（自己責任）引き受けてきました。

本業はスクラップ回収、仕事に合わせて問屋から大型トラックや4屯ユニック車も借り、又随時にアルバイトに問屋の従業員を雇い同業者と組み、解体仕事は仲間の業者に回して、身軽に楽しく自由に仕事をしてきました。ある冬の朝には、白樫にある付き合いも長い会社で早朝に仕事を済ませ、真向かいにある問屋に開店一番でスクラップを売り、空車のトラックで喜び勇んで月ヶ瀬に写真を撮りに行きました。

月ヶ瀬の湖岸道路、S字カーブを曲がった瞬間、凍結スリップ、大型ダンプの右前角と衝突、大型ダンプは背が高いので軽傷、僕の方は運転席がくの字に凹み、窓ガラスはぐちゃぐちゃ、当たる瞬間、（飛べと聞こえ）、無意識にハンドルを持ったまま、体が浮いて足の方から助手席へ横になりました。

運転席に座ると、ハンドルがお腹に食い込みましたが、足の入る隙間だけが空いていて体には傷一つありませんでした。ダンプがいなければダム湖に真っ逆さまでした。

エンジンは大丈夫、ギアはサード、トップ、バックが入るので、そのまま事故相手の会社へ行き社長に会って事故の説明、事故後の物損示談交渉等を話しあい了解を得ました。

その日は快晴、大阪の修理工場までの道中、割れた窓ガラスは乱反射して眩しく、何とかトラックを運転して行きつけの修理工場へ到着、無事に帰れました。

又、ある時は大東市野崎の会社で、トラックに解体物を積み終えて荷止めのワイヤを締める時にガッチャが外れて、後ろ向きに頭から真っ逆さまに落ちて気を失いました。（ヘルメット無し）救急車が来て初めて気が付き少し言葉を交わすとまた気を失い、家に連絡がいき家内は怖いからと辰男と一緒に病院へ、家内が来ているのに気が付いた時はベッドの上でした。

二時間近く気を失っていたので検査を終えたあとは絶対安静、僕は明日の仕事が気になるので会社の人や病院の先生にも止められましたが、会社に戻りトラックを運転してそのまま帰りました。

落ちる瞬間、後頭部の下に「スーッと温かい手」が受けてくれた感触があり、体に傷一つありませんでした。

また、ある時は、二tトラックの荷台をベニヤ板で囲い、鉄板の在庫整理で目いっぱい鉄板を積んで外環状線、警察署の前を通る時はタイヤから煙が出て近くの問屋に滑り込みセーフ、計量すると大型車並の積載量「まさか」でした（得意先が近くて良かったなと）。

その他、荷台にベニヤ板で囲い細切れのスクラップを積むと、ボデイは妊娠八か月くらいに膨らみ変だなと、下から覗くと荷台の下のシャシーに這わせている横木が全てひび割れ折れていました。

「やばかったな」と三トントラックにすぐ買い替えて同じように改造（車検内）しました。

誘惑

僕の人生、振り返ってみると色々ありましたが、貧乏というものは極限まで（個人差あり）行くと感覚が麻痺して、善悪の判断が付きにくく、目先のもうけ話や誘惑にいとも簡単に乗ってしまうところがあります。

良くても悪くてもそんな時は自然の流れのような気持ちで相手を信用し、ことが起きて後悔しても仕方がない、解決するには凄くエネルギーを使います。

個人で済めばまだよいけど、必ず誰かを巻き込んだり助けてもらったり迷惑をかけることになります。

だからといって臆病になる事もないけど、たった一度の過ちでも人生を間違え、取り返しのつかない事が起きれば一生悔いは残ります。

真面目に正直、努力すれば太陽の下、堂々と胸を張って生きられる。

ラッキーと不思議な縁が入り混じり、出逢った人達に恵まれ全てに感謝、感謝です。

心臓が壊れている

写真展も一段落して、月に一度は血圧の薬を貰いに通っている医院での健康診断で、心電図を見た先生から「心臓が壊れている」と言われました。様子を見てからと思ううちに一年が過ぎ、また心臓の検査をすると先生に同じく「心臓が壊れている」、ぽっくり逝くか寝たきりに、と言われ三年が過ぎました。病院で三十年以上働いていた友人にこのことを話すと、医者を三百人以上知っているがそんな話は聞いたことがない大問題だと、それでも通院していること自体大問題だと言われました。

別の友達に話すと金さんは「もう死んでいる」か、何かの力で「生かされている」とも言われました。

兄弟だけの食事会

二〇一五年（平成二十七年）六月、辰夫がリンパ癌で余命三ヶ月を宣告されました。五年前に前立腺癌が見つかり検査を継続したにも関わらず、腎臓に転移、腎臓ひとつ摘出、三か月後リンパに転移していました。八月二十日は辰夫の誕生日、還暦を迎えられて年内は持つかなとひそかに心配していました。

　すると辰夫のほうから兄弟だけで食事会を提案、六年前に武夫が亡くなり残った六人兄弟で食事会、お互い悔いのないようにと過去の思い出など話しながら、大事な短い時間を一緒に過ごし写真を撮り合いました。

　末弟武夫が亡くなって六年、裏庭に植えていた蛍袋が今年も咲きその白さが無性に目をひきました。

武夫が亡くなって六年、残った兄弟六人で食事会

癌とは

　二〇一五年十月、僕もこれから残りの人生を考えて、胃カメラと大腸検査をすると、両方に癌が見つかりました。早期発見とは言え癌とはでした。家内に話したら「嘘だろう」といつもの冗談かと初めは信用してもらえませんでした。廃業して、さあーこれから第三ステージと張り切っていた矢先、まあでも仕方がない少しでも悔いのないよう走るつもりです。

　僕も年内に手術は決まっていましたがキャンセル、兄弟にも内緒にしていた胃癌の手術は辰夫を見送ってから受けることにしました。辰夫は八月に還暦は迎えましたが、年末が近づくにつれて痛みが激しくなり、モルヒネの量も増え辰夫も先生にもういいからと言っていました。僕には「今までありがとう忠夫を頼む」と言い残し二〇一五年十二月三十日朝、亡くなりました。享年六十一歳でした。

正月がくるので辰夫の嫁も子供達も葬儀を迷いながらも、その日にお通夜、あくる三十一日に無事葬式を済ませることが出来ました。

僕は年明けて、二〇一六年一月二十一日生まれて初めて入院ベッドに寝ました。あくる二十二日に内視鏡での手術、手術も無事に終わり十日間の入院、アメーバーみたいな癌なので縁を切りめくるという手術でした。

手術後、個展のことを考えると病気のことなどすぐ忘れ、元気いっぱい走りまわり気持ちも充実、奈良だの岡山だの飲み食いも気にせずにイケイケでした。

長島愛生園のその後を撮る

二〇一四年（平成二十六年）三月、長島愛生園の金泰九さんの家で知り合った三宅淑子さんから電話がありました。三宅さんは長い間愛生園を研究している方の助手を勤めその仕事も終わり、記念に長島愛生園の写真を撮ってほしいと頼まれ引き受けました。(撮影許可済み)四月二十五から二十六日と一泊二日で長島に行き、案内してもらいながら虫明港から愛生園へとシャッターをきり、撮った写真は全てコピーして三宅淑子さんにプレゼントしました。

その後も、長島愛生園は本当に小さな島で今では特別な事や物はなにもないけれど、今そこにある現実こそ大事だと思って「明るく優しく美しく」をテーマに撮りました。

しかし、撮り出すとなかなか納得できない納得いくまで撮りたい、後悔したくないと思う気持ちが強くイメージが膨らます一方、逆にまた、無心に愛生園に通っていました。

そんな時、ボランティア活動している人とも知り会い、日生の「海の駅」で食べ物飲み物を買い物して、坂野さんに広瀬さん家へ歩いて行くには島の中は急な坂道が多くしんどいなと相談したら、「島内に警察官はおらず全て自己責任」ときいて車で行きました。ゆっくり四人で食事、お互いの思い出話や写真も撮りそのまま僕は愛生園に泊まりました。

また後日も愛生園で泊まり、早朝から島中を走りまわり撮影したこともあり、過去に撮り溜めた写真も含めて整理、愛生園園長と自治会会長に田村朋久(学芸員)さんを通じて、写真展開催の資料を提出、了解を得ました。

友人

以前、僕が奈良県平群町「あすのす」図書館館長、西村君江さんに愛生園の写真を撮る話をした時、平群町在住の佐渡裟智子さんを紹介して頂いたことがあります。

佐渡さんはハンセン病で視覚障害された方々を支援して、熊本訴訟を含め朗読を五〇年以上続け現在もボランティア活動を続けながら、大阪、奈良、岡山へと忙しく活動している方でした。

奈良のNPO法人「むすびの家」での、新年会や催しの時は声を掛けて頂き一緒に行った事もあり、その佐渡裟智子さんに岡山の友人二人を紹介して頂きました。

そのひとり、宮崎賢さんは山陽放送(株)報道カメラマン、話を聞くと、激動のハンセン病熊本訴訟等を含め三十五年以上ドキュメンタリーを撮り続け、一生のテーマとして運命付けている方でした。

もう一人の、中尾鑑一さんは、ハンセン病回復者の仕事を二十年以上務めたその後も、岡山県日生の重度障害施設勤務、中尾さんの実家は大阪、帰省した時中尾鑑一さんが言うには大阪は鶴橋の焼き肉が一番だと、佐渡裟智子さんも参加してもらい家内と四人で食事したこともありました。

僕が岡山に行った時は岡山で飲み会をしています。

トリプル個展

国立ハンセン病療養所長島愛生園の写真も奈良県下市町の写真も同時に撮り終えていたので、三ヶ月続けての個展開催でした。

同じ年、二〇一六年八月二十五日から二十九日、大和「下市里山物語」個展。吉野郡下市文化センター夏の行事「夢まつり」に合わせての開催でした。

九月七日から十一日、大和「下市里山物語」個展、を入江泰吉記念奈良市写真美術館（一般展示室）で開催しました。

さらに、十月十日～十月十六日「時は過ぎゆく」個展。（国立ハンセン病療養所・長島愛生園）。

岡山県山陽新聞本社、さん太ギャラリー開催でした。

「時は過ぎゆく」個展開催中に、平群からはフォトくまがしの講座生が男性達は車で女性達は新幹線で来てくれました。西村君江図書館館長が岡山在住の友人達と、佐渡裟智子さんは古くからの友人達に案内状出してくれ、宮崎賢さんはテレビの取材を手配、奈良、大阪、兵庫、鳥取からも、岡山では三宅夫妻、ＪＰＡ会員、岡山支部長には写真仲間を紹介して頂き、中尾さんは写真展の展示も手伝いに来てくれ開催中、僕は岡山に泊まっていたので誘われて飲み歩き、金さんも岡山に新しい地盤が出来たなといわれました。

山陽新聞には記事にしていただき地元岡山の皆さんにも応援していただき、大変、感謝しております。

今回ダブル写真展を終えて、写真集作成を考えた時、大和「下市里山物語」は素直に構成すればよいと思いましたが、長島愛生園の「時は過ぎゆく」では複雑な思いが浮かんできました。

まず、僕がハンセン病と愛生園について「何を知って何をしたか」という思いでした。

僕なりに感じたことは、今も残る「絶対隔離」への是非、裁判を勝ち取るための証言と行動、捨てられた遺骨、十坪住宅への夫婦数組同居、彼岸への急ぎ旅、来訪者への偏見、家族への環境差別の過去、残り少ない回復者（平均八十五歳）の年ごとに増える別離とその身の切なさ等、限りなくあります。

僕の写真はどこまでこの内実に踏み込むことができたのか、とも考えましたが又、素直に今ある長島愛生園の姿を見て貰えばよいかなとも思いました。

二〇一六年（平成二十八年）十一月十九日、金泰九氏永眠　享年九十一歳

二〇一七年（平成二十九年）五月二十五日、写真集「時は過ぎゆく」、大和「下市里山物語」同時発行。

「時は過ぎゆく」を撮って

長島愛生園は数年前から、ハンセン病人権研修と観光化を進め、花火大会や日生からクルーズ船も出るなど今は年間一万人以上の訪問者があります。また世界遺産登録に向けて今も残る十坪住宅や施設等、過去の暗いイメージを一掃しながら園内の環境整備もすすんでいます。

僕の写真展や写真集をみて、美しすぎる、色々な角度から、二十年後には、美しいからこそ怖い、等の感想を頂きましたが、岡山の愛生園でもたしかにハンセン病は絶滅、元患者も完全回復したとは言え、一般の人達のあいだにあってはまだまだ一過性なのかなという思いが残りました。

また佐渡裟智子さんと、奈良県大倭町にハンセン病回復者の応援活動をしているＮＰＯ法人「交流（むすび）の家」に一緒に行きました。交流の家は一九六〇年代からの成り立ちを教えてもらい又、いろいろな人達との出会いもありました。創立以来今も変わらずハンセン病関係に関わり園外で黙々と生活する人達を応援しボランティア活動もしていました。また佐渡裟智子さんに「ハンセンは世界をつなぐ」と言われた言葉は、わすれがたき言葉として今も大切に思っています。

また佐渡さんと邑久光明園で「エプロンのうた」詩集を発行された方を紹介して頂き、愛生園では昔懐かしい方の家を訪ね思い出話をされているのを横で聞いているだけでもほのぼのとしました。

僕が今、ハンセン病や回復者、長島愛生園の感情を述べるのもおこがましく思いますが、写真を撮り出会った人たちや、数少ない回復者の人達と雑談のなかで、昔の事はよく知りませんが交流のなかで、知る内容は少なくとも想像していた以上に、明るく前向きな人達がいて嬉しく良かったなと思いました。

しかし、写真展「時は過ぎゆく」の開催中に来られた人達にも、ハンセン病については微妙に寡黙。

会場で一言も話さず帰る人、目視で挨拶される方に僕が簡単に気安く、声掛けは出来ない重苦しい一面も感じました。

写真展と写真集のキャプションに、自分なりの思いを書き入れましたが、今になって考えるとためらいと後悔、反省の念も残りました。

だけどやっぱり、どんな環境でも元気で長生きすることは大切で、きっとよいことも巡ってくると思いました。過去は未来への参考書、又、何事も忘れ去られ「時は過ぎゆく」のかなとも思いました。

金家の宝物

初心に戻ると、一九六七年（昭和四十二年）僕が二十一歳の時、働いていた会社の社長の応援もあって山口県宇部市小野区鍛冶屋河内に住んでいる親兄弟と一緒に住むための家を買いました。

家は、増改築費込みで二百十五万、長屋の端で土地は借地でした。お金は社長に借り、支払いは給料から毎月二万円の天引でした。

この家に住み始めてから勝美、僕が結婚、ハンメ（祖母）が亡くなり、英雄、辰夫、忠夫も結婚式を挙げました。家内は、弟達にそのたびに結婚祝いの布団一式を贈っていました。

その後、男兄弟は各自独立して自営業。

一九八八年（昭和六三年）母ちゃんが亡くなり、父ちゃんと武夫（末弟）との二人暮らしが続きましたが、姉ちゃんがすぐ近くに住んで居たので安心でした。

二〇〇二年、父ちゃんも八十八歳になり六万寺の家で生活は無理だと思い、嫌がる父ちゃんを無理やり僕の家に連れて来て同居することにしました。

そのあくる年、二〇〇三年八月（平成二十二年）、九十歳を目の前に父ちゃんが亡くなりました。

それからは、武夫が一人で住み二〇〇九年七月に武夫は事故で亡くなり、六万寺の家は空き家のまま五年が過ぎました。その後、家の地主が国に物納したと連絡があり、二〇一四年（平成二十六年）土地は国の払い下げの通知が来て、百二十万千三百九十四円、地代滞納、諸費用二十七万九百六十四円、計、百四十七万二千三百五十八円で買い取りました。

二〇一四年（平成二十六年）、六万寺の家を二百八十万四千四十五円で売りました。

しかし、家を買って住み売るまでの四十七年間、もともと築八年の中古家を買ったものですから、外壁の塗り替えに屋根の葺き替え、二階の天井、その他、こまごまと修理と補修をしました。

一番ビックリしたのは近所の大工さん、一階のリフォームをお願いしましたが、工事が終わり請求書は見積もりの倍、色々と説明はありましたが、年老いた両親にこれからの近所付き合いも考えて、請求金額を黙って支払いました。

金銭的に総トータル約二百万円の赤字でしたが、お金に変えられないものがいっぱいありました。

思い起こせば、山口県宇部市小野区鍛冶屋河内から、大阪府東大阪市六万寺町の家で四十七年間、家族が揃って一番長く生活、富子姉ちゃんも近所に住み、僕達兄弟も順番に結婚して自立、ハンメは曾孫育美を抱き、父ちゃんと母ちゃんも曾孫まで抱いて、家族みんなで笑い、古くて小さな六万寺の家でギュウギュウ詰めの生活でしたが、父ちゃん母ちゃんを中心に思い出いっぱい詰まった「金家、皆の宝物」でした。

二人の中学同級生

古希過ぎて三年、振り返ると山口県で育った環境は自然がいっぱい、生活は苦しく大変でしたが、同級生の井上実君とは、小学三年の本校通い(小野小学校)から小野中学校卒業まで同じクラス、そして大阪へ就職した職場も一緒、その後退社してからも付き合いは続き京都競馬や日本橋の場外馬券売り場サウナなどへも一緒に行っていました。二人とも競馬で負けた時は帰りの電車賃を残すだけで、夏はビール生中一杯冬の寒い時は熱燗一本だけ、万馬券を取ればお互いに負けているのを補てんし合い、残りは馬鹿騒ぎして帰りました。

この井上実君が、五十五歳の同窓会の時には異常にはしゃぎ、吉田松陰の歌を熱唱していました。

三ヶ月後、定年後も嘱託で勤めていた会社の事務会議の時に倒れ意識戻らずそのまま。無常を感じました。

お互い結婚して時を同じくして、井上実君とこには男の子二人、僕のとこには女の子二人が生まれ、二家族で三重県志摩市の安乗岬方面へ泊りで遊びに行った事もありました。

もう一人の同級生井上利正君は僕らより一年後に大阪に出て来たと連絡がありました。

中学時代に一緒に悪戯した仲間でしたが、利正君は義侠心が強く人一倍負けず嫌い、大阪に来てからは港区市岡に住んでいましたが、その後、会うといつの間にか地元で顔役になっていました。

中学時代は、勉強も全然出来なかったのに建築の会社を興し組の看板をかかげ、特に算数は苦手なのに建物が真っ直ぐ建つのかと冗談を飛ばしたら笑っていました。

僕が大阪の丸ビルで「大和川慕情」個展を開催したときには来てくれいっしょに、昼飯を食べに行きました。二日前に退院してきたと話し、ビールを注文、話を聞くと今回も胃癌で三度目の手術、何を言っても自分の考えは曲げないのですが、今回はしおらしいなと思って

三重県志摩市の安乗岬へ家族と（左が井上実・右が僕）

いました。

それから数か月後に連絡があり、自分で最後を決断したようです。僕宛に遺書があり、奥さんが手渡してくれました。山口県の同窓会にはいつも実君と利正君と三人一緒でしたがこれからは一人だなあとしみじみ思います。

大阪に就職してから、現在五十八年が過ぎて家族や身内に友人知人も増えましたが、終戦直後の一番きびしかった環境のなかでの、山口県宇部市立小野中学卒業生六十八人中の二人ですが、僕には本当に大切な竹馬の友でした。寂しいかぎりです。

青春時代（僕は左端・井上利正・白帯）

写研ポラリス

思いかけず昔の縁で、大阪芸大の元写真学科部長指導のもと写研ポラリスの立ち上げに写友と参加しました。今までの写風と違う勉強会に新鮮さを感じましたが、中々しみついた個性と癖は治らないものだなあーと、思いながらいつの間にか七年が過ぎ、先生も高齢になり廃部、その後、気心知れた写友、岸田健吾・佐枝さん夫妻・綛野玲子さん達と連絡取り合い無理せず季節に合わせて撮影会、勉強会が終われば飲み会等、現在も楽しくプチポラリスを続けています。

また、ポラリス共通の写友、夢大和からの付き合い田中安代さん、丹波の田中義隆さんとも撮影や写真展に行き来しながら、毎年、秋に丹波の田中さんのお米（一年分）を買いに行きますが、いつもお土産に野菜を貰い、毎年収穫すると丹波の黒枝豆を送って頂き感謝しています。

写真を始めてから知り会い、皆さんと二十年以上の付き合いですが、お互い「明るく楽しく」をモットーに「いつまでも元気」二本立ての心意気で頑張っています。

フォトクラブ「くまがし」

二〇一二年（平成二十四年）四月、平群町の探訪「平群町写真講座」を引き受け、平群町のホームページやパンフレットに使う観光写真の依頼も受け、写真講座一期生の勉強もかねて（今ある平群町の全て）撮り納めました。講座の一期生は卒業に合わせてフォトクラブくまがしを結成（講師継続）。

毎年、秋の平群町文化祭は講座生、フォトクラブ「くまがし」合同展示でした。

その後の、講座生も卒業するとフォトクラブくまがしに合流。

平群町の写真講座は三年で終了。気分新たに、フォトクラブくまがし二十六人で始まりました。

僕は写真講座を引き受けた時から、勉強会のテーマは「平群町」で始まりフォトクラブくまがしでは自由作品と半々でした。

講座生には、年配者も多く近くて安全、いつでも行ける万葉の竜田川、平群谷、東に矢田丘陵、椿井城跡、西に生駒信貴山系、信貴山、千光寺など、歴史は古く四季折々の被写体には事欠かず、小菊の生産に合わせて開発されたフラワー道路、農業用タンク、「新しい景色」等、昔からの花木栽培の面影を残す自然に同化してゆきつつある福貴畑地区の「桃源郷」など。ネイチャー写真を撮るには最適の条件です。

ゴールデンウィークには「へぐり時代祭り」があり、祭り作品一回、平群町テーマ作品二回を平群町道の駅・くまがしステーションで年三回展示、秋の平群町文化祭と含めて毎年四回作品の展示、入江泰吉記念奈良市写真美術館（一般展示室）でフォトクラブくまがし展をしました。

奈良県立美術館では、平群町の行事に合わせてクラブで平群作品を展示、その他、依頼があれば全て引き受けました。

クラブの講座は月二回、十三時～十六時、生徒二十六人を教室一クラス十三人で二回に分け（自由参加あり）、クラブ撮影会（バスで遠出）もあり、春には桃源郷撮影会、各グループの自由撮影会など、毎月一回、役員会で相談し、クラブ主導の年間行事を決めていました。

私事では、大阪の富士フォトギャラリーで、フォト「つぶやき」個展、平群の講座一期生が受付当番。

大和「下市里山物語」個展、下市観光センターでは展示や片付けを協力。同上個展、入江泰吉記念奈良市写真美術館（一般展示室）の個展では、夢大和から高井、太田、黒田さんが応援に来てくれ生徒と一緒に展示、その後の当番、片付けはフォトクラブ「くまがし」役員全員で分担し手伝ってくれました。

二〇一七年の年末、お別れ会を兼ねての忘年会で事情説明（日本一周の旅・ルーツの旅に出る）、和気あいあい酔っぱらいました。二〇一八年三月、探訪「平群町写真講座」、フォトクラブ「くまがし」あっという間の六年間、講師を辞退しました。

人生僕なりに全てリセット。さあー次の夢は、日本一周の自由気ままなひとり旅です。

満月や一人舞台の無人駅

八尾文章クラブにて

二〇一六年（平成二十八年）三月、自分史を書きたいなぁーと思っていたその頃、八尾市生涯学習センター「フェスタかがやき」で文章クラブの冊子「波紋」が目に留まりました。知性的で上品な受付のお姉さん方に話を聞くと、「ぜひ一度」と、文章クラブの体験講座を勧めてくれました。

二〇一六年（平成二十八年）三月、体験講座の見学に行き四月から文章クラブに入会することに決めました。講師倉橋健一先生（詩人・文芸評論家）でした。

勉強会は、毎月第一水曜日と第三水曜日の午後一時三十分から四時でした。

僕の目標は、「自分史」を書くことでした。

早速、パソコンの前に座り、記憶をたどり正直に幼少から思い出した事を順番に書き連ねました。

今までに、文章を書いたことが無いから恥をかくのは仕方がない、講座で勉強しながら修正したらいいかなと安易に考えていましたが、パソコンを使って文章を書くうちに手書きなら絶対に無理だなと思いました。

二〇一七年（平成二十九年）三月、文集「波紋二十六号」時は過ぎゆく。

フェスタかがやき発表会、されど青春（テーマ青春）

二〇一八年（平成三十年）三月、文集「波紋二十七号」私とカチカチ山。

フェスタかがやき発表会、僕の家族（テーマ昭和は遠くなりにけり）

八尾文章クラブの文集「波紋」第二十六号、二十七号に自分の文章が、印刷物に残る事を嬉しく思いました。

そして二年間、倉橋健一先生ご指導のおかげで自分史を仕上げる目途も立ちました。

その後、昔からの夢「日本一周の旅」に出ると決めていたので、倉橋先生や皆さんにお世話になった感謝と御礼を込めて文章クラブを退会させて頂きました。

本当にありがとうございました。

写真に賭ける夢

僕が今までに一番、嬉しく楽しかったことは趣味として写真に出会えたことでした。

一九九四年九月、八尾市生涯学習センター写真講座入会（一期生）、卒業してOB会「かがやき」発足、八尾市写真協会、その後、夢大和、ネイチャーフォト研究会、日本写真作家協会（JPA）、日本風景写真協会（JPN）、写研ポラリス、と続き、写真を通してできた

「人の縁」を有難く感謝しています。

そして、勉強することの楽しさを知り、特に一番苦手な文化活動、昔から考えたこともない僕の中では人生真逆の世界でした。

色々写真活動しながら、八尾では一期生五人で親睦会、また和食さとで「さとの会」に参加十数人の写友達と毎月集まり、飲み会、写真の情報交換をしながら楽しい時間を一緒に過ごしてきましたが、この数年は一気に病気や高齢化は進み参加人数も寂しくなり、平成と共に「さとの会」も自然消滅しました。

僕が写真を始めたのは四十八歳で若年、五十、六十、七十代、年長者は八十歳を過ぎた方も数名おられて、いつの間にか二十五年が過ぎました。

八尾に引っ越して来て約三十五年、八尾生涯学習センターでの写真講座に入会するときに本名宣言「金勝男」を名乗ったからには、家内が言うにはどんな時でも「絶対大きな声は出すな」何があっても「絶対怒るな」が約束でした。

それ以後、新しい展開があるたびに言われ続け、振り返り気が付くと素晴らしい人達のおかげで今日まで全てに楽しく学べたことは、本当に心より感謝あるのみです。

令和元年、僕はまだ元気バリバリ（自称）七十三歳、写真の夢はまだまだ続く生涯現役。突っ走り、発表する度に恥の上塗りだけどこれはまあ仕方ない、次は次はとチャレンジあるのみです。

家族一泊旅行

二〇一八年三月（平成三十年）三月「僕なりに人生リセット」今は仕事も廃業、両親も見送り娘達も結婚して家庭を持ち孫も生まれ、心配事も怒ることもなくなり、年を重ねる度に苦しかった事が楽しい思い出となり「今が一番幸せだなあ〜」と。

四月七日〜八日と娘夫婦の招待で、広島県宮島へ一泊旅行に行きました。旅行に出てみると孫たちの成長がよくわかり末頼もしく、元気で楽しく子孫に迷惑かけて残りの人生（にやり）生きるぞと。

家族の一泊旅行（広島）

旅支度

昔から僕の夢のひとつは、廃業したら「旅に出る」と思っていた事、日本列島どこに行っても里山あり、四季それぞれ被写体の宝庫、出会う爺ちゃん婆ちゃんが面白いかなとか、また知らない土地で出会う諸々や人達とも楽しみです。

暇を持て余し、ぶらり雪月花、雨霧水、大好きな太陽、昇るもよし沈むもよしまた明日、眠りたい時に眠り起きたい時に起き、意識せず偶然の出会いや感動した時にシャッターをきる、臨機応変、車や旅館で泊り、何処へ行ってもカメラさえあればと夢を描いています。

道中のスタイル

ジョージ秋山の浮浪雲もいいなぁ～　デデンデンデンねえちゃんあちきとあそばない
山下清もいいなぁ～　お　おむすび一つあればうれしいんだな～
山頭火もいいなぁ～　笠にとんぼをとまらせてあるく
人生愛とロマン
金秋や魚の餌か木の肥やしカメラ片手にシャレコウベ？

望　み

二〇一八年六月三日、京都府舞鶴港から北海道小樽港へ、日本一周の「夢旅」に出ました。

そして夢旅終了後、撮った写真をお気に入りのアルバムに残し、写真集を作りたいと思います。

手始めに、カメラのキタムラらでLサイズ二〇〇枚入りのアルバムを買い、北海道二冊、陸奥三冊、関東一冊、四国一冊、九州一冊、山陰・八重山諸島一冊、大阪一冊（過去に撮りためた）旅の思い出記録アルバム計一〇冊、写真二千枚をまとめました。

あとはゆっくり暇になったらそれぞれ編集して、お気に入りのアルバムを作る予定です。

ギネスを

義母、洋子の母ちゃんは身内で最高齢（九十三歳）、現在は車いす生活近所の施設に居りますが、毎年春は近くの公園（玉串川、大阪みどり百選）に弁当持参の親子四代で花見をします。

盆正月には一晩から二晩は泊まりに来ます。

いつも明るくビールを飲み歌い口癖は「そういうこと」。九十三歳健康です。

二〇一九年（平成三十一年）四月三十日まで。（令和元年）五月一日より。

安心

二〇一九年六月二十八日から二十九日、大阪二十カ国地域（G20）首脳会議（サミット）が無事終わり三十日に、南北（韓国・朝鮮）境界線板門店で米国トランプ大統領と北朝鮮金正恩国務委員長が握手、韓国大統領文在寅見守りはビックリでした。

そのニュースが流れ終る頃、九時過ぎに家内の母ちゃんが完全看護の施設に入居しているのに、脳溢血の疑いで緊急病院への電話があり家内が病院へ、入れ替わりの電話は去年十月にカナダへ留学した孫の愛里が無事元気で帰国したと報告があり一安心。夜中に義母の手術成功（延命処置せず）二安心。

そういえば、家内も上皇様と一日遅れ十七日と二十四日の白内障手術成功三安心。

今年の前半終了間際（六月）は記憶に残るなと。

自分史と家系図を

自分史を書きたいと思ったのは、父ちゃんと母ちゃんが朝鮮（韓国）から日本に渡って来て、家族を増やしその場その場所で一生懸命に生きた様を、見聞きした事も含め、僕達子供が受け継ぎ又、僕達兄弟の子孫に受け継いで貰いたいと思い、僕自身の生き様も感じた事も含め、過去の記憶をたどり素直に正直に事実を書きました。

自分史を書き終えるとまたいろんなことが思い出され、世間で言う話せる苦労はまだいい、話せない苦労が「本当の苦労」だと。

母ちゃんが亡くなって三十年以上が過ぎた今でも考えると、母ちゃんは愚痴を吐き出し相談する人もなく、寡黙で笑った顔は見たことがなく歯を食いしばり生きた様を身近で見てきて、「母ちゃんの心の奥底」には一体何がと、何をいまさらの感はありますが日増しに思う今日この頃です。

約十年前、小さな庭に植えたムクゲ（韓国の国花）の枝は放射状に延び蕾がいっぱい、今年の夏も二～三日前より紫色の花が咲き始めました。

そして今回、自分史を書くのを期に、父ちゃん（金甲用）が朝鮮から日本へ「一九二九年」に渡って来て、現在二〇一九年（令和元年）約九十年が過ぎ身内も四十五人に増え、後々の為にもいつも父ちゃんが言っていた「ルーツ」が大切だと思い家系図を作る事にしました。

ムクゲの花（韓国の国花）

ルーツ探しと日本一周の旅

不思議な出会い

二〇〇三年（平成十五年）の夏至の頃、三輪山付近を流れる大和川の朝焼けを撮るため、車で奈良県桜井市大西地区を走っていました。

その朝も椋の古木（樹齢約三百〜四百年）の傍を通り、ふといつもと違う雰囲気を感じてブレーキを踏むと、椋の木の右に、今までに見たこともない、真っ白な古代衣装姿の女性が立ち右手でスーッと手招く姿が見えました。

車一台が通れるだけの細い道で、間近には胸から下と膝上までしか見えませんでした。

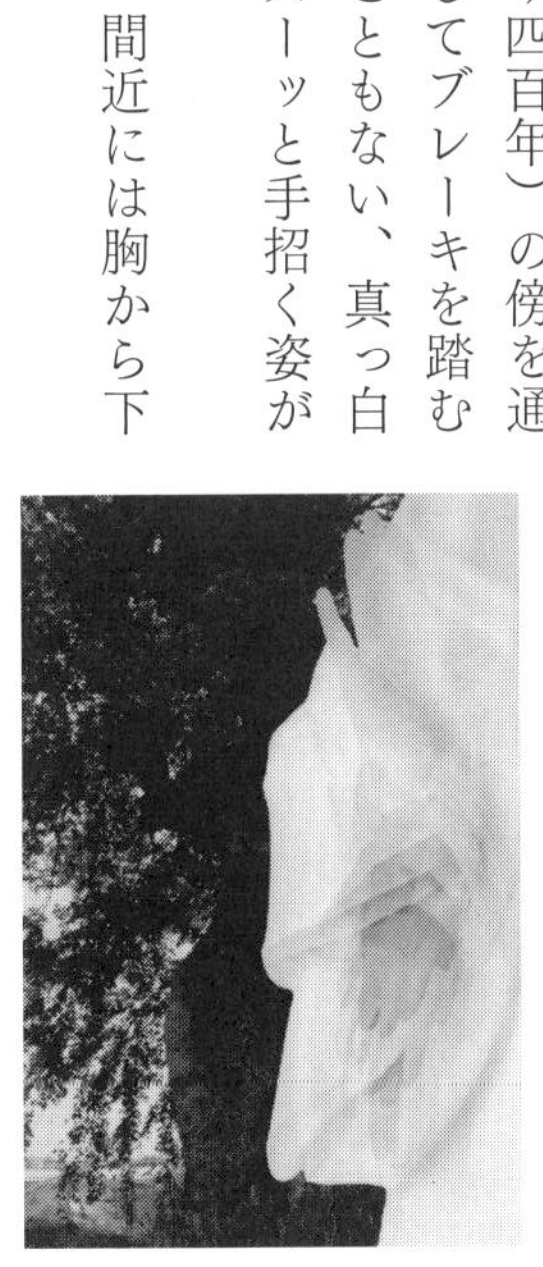

手招く稲田姫？

しかし、その時は朝焼けの写真を撮るのが目的で気になっていて、そのままその場をはなれました。

それからの記憶が消え、写真もどこで撮ったのか撮らなかったのか別にデータもないので忘れたままでしたが、大西まで戻るとふと今朝の記憶がよみがえり、そこで大西の地区長を訪ねて今朝の不思議な出来事を話すと、過去にそんな話は聞いたことがないとの返事でした。

毎年二月十一日の「綱掛祭り」は、新藁を使って大西の市杵神社で女綱を編み、江包の春日神社では男綱を編み、大西から江包へ渡る大和川の橋の袂にある椋の古木に女綱を掛け、大和川を渡り江包の素戔嗚神社で素戔嗚と稲田姫の結婚を祝う、入舟の儀式を行われます。

その後、僕の中では沸々と疑惑が確信に変わり、いつからか「稲田姫」に手招かれたと思うようになりました。

椋の古木は冬になると全ての葉が落ち、過去の歴史を凝縮させているような、上部はギリシャ神話の「メドゥーサ」、下部は太い幹も瘤でぼこぼこでしたが、ラインは「ミロのヴィーナス」を感じさせるところがありました。

大和川をテーマに撮影を始めた時から、この場所を通る度に

大和川の椋の木と祭り

椋の古木が気になっていました。

二〇〇四年（平成十六年）は大和川が柏原から堺へ（一七〇四年）付け替えられて三百周年にあたる年でした。

大和川は、奈良県都祁村から初瀬、桜井、斑鳩、県境の亀の瀬から大阪府柏原、松原、堺の浅香、南港へと全長六十八キロを流れ、全国一級河川（一六六）。この頃の水質は常にワーストワンかツーが指定席でした。

何処へ

大和川のビーナス

時は過ぎて二〇一〇年（平成二十二年）、大和川へ撮影に行き、素戔嗚神社の側で畑仕事のおじさんと椋の木の話になり、上の枝は寄生木が多いので椋の木が痛んでいますねと雑談して帰りました。

数日後、その場所を通ると椋の木は、いつのまにか根元から三メートルくらいを残しバッサリ切られ、本当に「大和川のヴィーナス」になっていました。

二〇一一年の春には残り少ない枝から芽吹いておりほっとしましたが、二〇一三年にはついに枯れて、二〇一五年のある朝大西地区へ撮影に行き偶然に地区長と出会い、なぜ椋の木を切ったのですかと尋ねました。すると「あんなものはいらん」の一言でした。聞いた瞬間なんと身体山三輪山麓に祀る三輪明神大神神社ゆかりの地に住みながら、古事記、大蛇伝説(素戔嗚と稲田姫)という深い古代史の彩りを残す素戔嗚神社の綱掛祭り(お綱はんの嫁入り)の神木をいとも簡単に切ってしまうのだろうかと、区長の一言にガッカリしました。

嫌な予感がして、三日後その場所へ行くと、椋の木は根元から綺麗に片付けられて更地になり、景色もすっかり様変りしていました。

その瞬間、頭をよぎったのは、「稲田姫は何処へ」でした。その後、稲田姫は故郷の奥出雲へ帰ったのかなと思うようになりました。

出雲へ

ある日、新聞記事で出雲大社の境内に素戔嗚命と稲田姫を祀る新しい素鵞社(そがのやしろ)が出来たとあり、僕は二〇一五年九月七日から九日の二泊三日の予定を組み、稲田姫を追いかけて出雲から奥出雲、雲南へと初めての旅にでました。

この頃は、岡山の愛生園をテーマに写真を撮っていたので、愛生園で泊り七日早朝に出発、空はどんより曇っていましたが、九時半過ぎ出雲大社に着くと雲が割れ、瞬間的に陽が射し、ああ、稲田姫が出迎えてくれたのかなあーと嬉しくなりました。

出雲大社の本殿を参拝後、出雲大社摂社・素鵞社（そがのやしろ）に参ると素戔嗚だけを祀り稲田姫は祀っていない、がっかりしながら境内を歩いていると大粒の雨がポツリポツリと降り始めやがて土砂降り、稲田姫と逢えない「涙雨」かと想いつつそれでも、写真を撮るのに夢中でした。

気がつけば雨は止み、ぶらぶらと大鳥居まで来ると出雲大社の参道や町並み、大鳥居からの眺めは、雨上がりで清々しくとても新鮮な気持ちになりました。

時計を見るとジャスト十二時、初めての出雲大社、稲田姫には会えませんでしたが二時間半感動のドラマでした。

その後もう一度、稲田姫に必ず逢えると強い思いを抱いたまま奥出雲へ向かいました。

七日は奥出雲の多根自然博物館（宿泊施設あり）で泊り、翌朝、稲田姫神社に参拝しましたが、ここでも稲田姫の出迎えはありませんでした。

この時期は、長島愛生園と稲田姫とルーツ探し（僕の出生）三本立て、八日は僕のルーツ探しの原点、島根県岩見福光へ戸籍探しに行きましたが、今では石見福光も温泉津も太田市に合併、太田市役所温泉津支所の人達も、転出先の山口県宇部市小野市民センターに連絡を取り調べてくれましたが、出生届、転出届はついに分かりませんでした。

廃校になる母校

二〇一六年（平成二十八年）三月二十六日、岡山の愛生園で泊り翌朝、二十七日に山口県宇部市小野中学校が廃校になると、以前に田舎の同級生から聞いていたので駆けつけました。小野中学校には昼過ぎに着きましたが、すでにセレモニーは終わり解散後でした。

まだ、校長先生が居られたので昭和三十六年の卒業生だと説明して、思い出の校舎や運動場等を撮影しました。

その後、昔懐かしい通学路を通って小野区如意寺（鍛冶屋河内・廃村）へ、住んでいた頃の面影はなく樫の木が茂り、わずかに残った昔の残像を写真に収めました。

夕方になり泊まるつもりで校区に戻りましたが、以前、同窓会で来た時は営業していた「みつや旅館」も今は廃業していました。

他に宿泊施設もなく、そのまま山口県から島根県奥出雲へ時間は過ぎ、泊まる所はないまま広島県に入る頃は疲れがピーク、眠くなり車を止めては仮眠し目覚めてはまた走り続けていました。

島根県へ山越えする広島県庄原付近（三一四号線）では、霧が湧きヘッドライトに浮かぶ素晴らしい被写体に目がスッキリ覚めて写真を撮り、その後またうたた寝を繰り返し走り、三月二十八日午前二時頃奥出雲へ着きました。そのまま稲田姫神社の鳥居をくぐり本殿へお参りしましたが、稲田姫の出迎えはありませんでした。

神社の駐車場に戻り、仮眠し夜明け前の五時頃また稲田姫神社の本殿にお参りしましたが、ここでも稲田姫の出迎えはなく稲田姫は留守にしていると思いあきらめました。

多根自然博物館

二〇一六年（平成二十八年）十一月十一日、奥出雲へ又稲田姫神社へ稲田姫を求めて会いに行きましたがやはり出迎えなし。神社の周りを散策、姫の臍の緒を切った「竹べら」から萌芽した笹宮や、姫が使った産湯の跡を見学して帰りました。今回も、稲田姫に逢えなかったけど後悔はありませんでした。僕が奥出雲に来た時の宿は多根自然博物館(ホテルも兼業)宇田川和義館長とも知り合い、僕が奥出雲に来た目的を話すと真剣に聞いて頂き、稲田姫関係の資料を出してくれました。

島根県には古事記・出雲国風土記などに稲田姫の記述も多くあり、二人が結ばれた大蛇伝説の場所や祀られている神社は多数あり、また素戔嗚はたたら製鉄にも深い関わりがありそうで、中々簡単には稲田姫に逢えないなとあらためて思いました。

楽しみはまだまだ先の方が良いかなと、今も前向きに考えています。

奥出雲へ——稲田姫に誘われて

二〇一七年八月四〜五日今回は家内と一緒でした。松江市の八重垣神社、熊野大社、雲南市の須我神社は日本初の宮（和歌発祥の地）には素戔嗚尊の詠んだ歌碑がありました。

八雲立つ出雲八重垣つまごみに八重垣つくるその八重垣を（素戔嗚尊）

今回も多根自然博物館に泊まるので早めに入ると、前回知り合った宇田川館長が車を出して、今でも稲田姫の生い立ち場所が大切に祀られている地元佐白（さしろ）地区の元稲田姫神社や鑑池、両親が住んでいた長者屋敷等へ案内して頂き、八頭（やと）まで足を延ばしてくれました。

案内道中に色々伝説の説明や神仏習合に「えっ、それでは今まで通った稲田姫神社」は寄贈、空き家なのか、神社はありましたがどこか空しくなり、如何にして稲田姫の本住処を探したら良いのか又、「稲田姫は何処へ」でした。

翌朝一番、出雲大社に参り本殿入り口近くにある大国主命像の写真を撮りました。

撮った時は、分かりませんでしたが、帰って写真を見ると昇る太陽に両手を差し出した大国主命像の目のまん前、左上に大きな丸い「ゴースト」が映っていました。

稲田姫の手招きで出雲通い、この頃になると古事記の世界にも興味がわいてきました。

稲田姫と素戔嗚尊、大蛇伝説を軸に島根県内、出雲、奥出雲、雲南、生まれ故郷の石見を巡ることにしました。

大国主命像とゴースト

鳴　石

二〇一七年（平成二十九年）九月十日から十七日の一週間、たたら製鉄と稲田姫の資料集めに出雲から奥出雲、雲南へ出かけました。石見神楽の見学も兼ねて一週間の予定を組みました。

九月十日早朝、自宅を出発して島根県安木に十時頃着き、高速道路を下りて美保関の海岸を走り海を眺めると気持ちがゆったりしました。

美保神社にお参りに行く道中、海岸に夫婦岩を見つけました。しめ縄もしてあり伊勢の夫婦岩より立派な感じがしました。今回の旅道中、夫婦岩で初めてシャッターをきりました。

余談ですが、美保関を目指したのはなぜか志賀直哉の「暗夜行路」を思い出し、島根県が生まれ故郷だからか、だが、別の何か説明できないものに惹かれたようにも感じました。

そのあと、美保神社で参拝を済ませて、出雲大社と熊野大社は前回来た時に参拝していたので、出雲三大大社の残り一つ佐太神社（佐太大社）へお参りに行きました。

話は少し戻り、六年前に奈良県平群町の写真講座を引き受けた後、平群町図書館「あすのす」で平群町産出「鳴石」の展示会があり、その時見た鳴石と鳴石の割れたかけらが何故か僕の中では出雲のタタラ製鉄と結びつきました。

今回の目的の一つ、平群町で知り合いの方に無理を承知でお願いをして、鳴石を譲り受け持参、安木市の和鋼博物館へ伊藤正和館長を訪ねて平群町で発掘した鳴石と資料を見て貰いました。

館長曰く現時点では「たたらと鳴石」の接点はないと思うので鉱物専門の先生に分析を頼んだらとアドバイスを貰い、博物館を後にしました。

日本美術刀剣保全協会「日刀保たたら」

九月十一日、多根自然博物館宇田川館長に奈良県生駒郡平群町の鳴石の話をすると、刀剣館で待ち合わせ居合い抜きの実演を見た後、現存する只一か所の「日刀保」たたら製鉄所へ案内してくれました。

日本美術刀剣保存協会が直営している日刀保たたらの国選定保存技術保持者、玉鋼(たまはがね)製造(たたら吹き)村下(むらげ)(技師長)の木原明(八十二歳)さんを紹介して頂きました。

木原明さんは僕が持ち出した平群町産出の「鳴石」を手にとり説明を聞きながら「ロマンだなあ〜」とのつぶやき、僕はそのつぶやきに感動しました。

続けて話を聞くと現在日本では刀剣は資格をもった刀鍛冶が美術品として制作の認可をされています。

しかし日本刀を作るには現在、何処の製鉄所の鋼材質でも出来ない、やはり昔からの伝統技術「玉鋼」が必要となり、現存する唯一のたたら「日刀保たたら」で年に数回玉鋼を製造して日本美術刀剣保存協会が有償で美術刀剣の各刀鍛冶へ供給しています。

たたら村下木原明さんは毎年春と秋の大祭には、たたら守護神金屋子神社へ村下の後継者達と往復二十キロを裸足で参拝しているそうです。

又、古事記伝説地とたたら保存の関係地を訪ね歩いているうちに一枚の写真に魅せられました。

たたらの砂鉄採り

たたら吹き・鉧製造現場

鉄の歴史博物館で、「たたら」製鉄のドキュメンタリーにもありましたが、冬場に蓑傘つけて水の流れる足元で砂鉄（お椀一杯に耳かき一杯）を採るために長い鍬を振り上げ、風化花崗岩の山を切り崩しているモノクロ写真が日刀保にも拡大され展示されていました。

鉧（けら）三トン作るのに、砂鉄約十トン、炭約十二トンを三日三晩、不眠不休で燃やし続けて鉧を作る体力、気力は聞いているだけでも凄いと思いました。

村下の木原明さんは、たたら玉鋼を生むのに大切なことは、一土、二風、三村下「誠実は美鋼生む」（千三百度～千四百度）と話してくれました。

昭和四十四年、NHKによる最後のたたら製鉄の技術を記録するドキュメンタリー制作には残る最後の四人のたたら製鉄の技師、たたら村下福庭（ふくば）太倉（たどう）・

堀江要四郎・炭村下本間健次郎中村佐助鋼選別の四人の協力があったそうです。

写真：公益財団法人・日本美術刀剣保存協会
引用文献：株式会社竹中工務店広報部　季刊「approach」２１１号

椋の木

二〇一七年（平成二十九年）九月十二日奥出雲の帰りに出雲大社に寄り参拝して散策していると、ふと摂社「命主社」の小さな看板が目に入り、細い参道を入ると「ドキッ、椋の古木」樹齢千年以上、見た瞬間、感動です。

椋の古木は見るからに魂の拠り所、無限大の時空を感じさせられました。

大和川で初めて稲田姫と出会った場所、椋の古木は処分され稲田姫を探し求めた奥出雲でやっと見つけた稲田姫と繋がる場所、やっぱり出雲に帰って居ると思いました。

俄然、元気もりもりパワー全開。出雲、奥出雲、雲

出雲大社の椋の木(樹齢千年以上)

南地方の稲田姫と素戔嗚の伝説地を探し求め又、古事記、たたら関係も目についた場所は訪ねました。

僕の戸籍探し

二〇一七年（平成二十九年）九月十五日、島根県石見の太田市役所（温泉津、石見福光合併）温泉津支所へ、僕の出生届を探しに三度目の訪問でした。今回も同じく戸籍はありませんでした。

生前、父ちゃんの話では僕は島根県の石見福光で生まれたと言っていたので、三十歳の時に山口県宇部市小野中学校の同窓会の帰り、石見福光駅に寄り周辺を訪ね歩きましたが、何の手掛かりもありませんでした。その日は近くの温泉町「温泉津・山形屋」に泊まりました。

帰ってから石見福光に寄って来たと話したら、父ちゃんは「温泉津」やろと、エッ。父ちゃんは、僕の生まれは石見福光と言っていたが隣町の「温泉津」と何

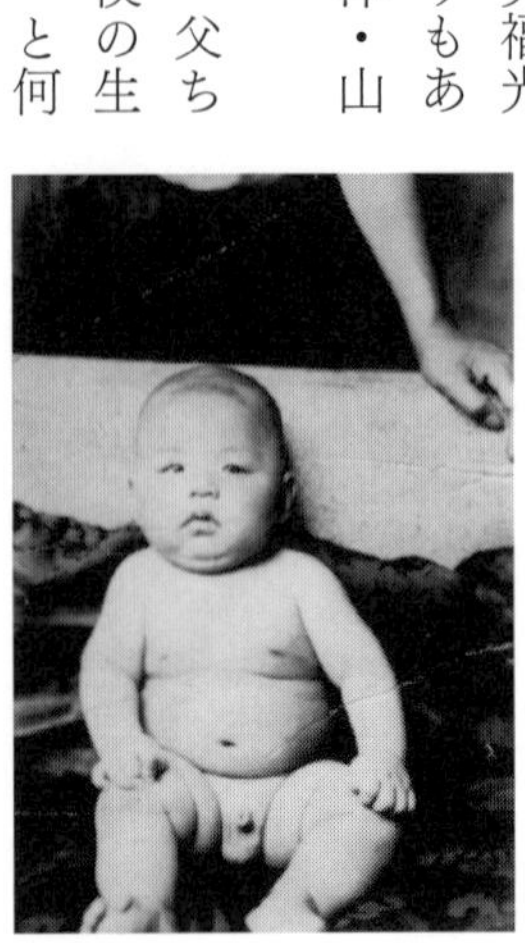

僕の百日（裸）

か交錯しているのかなと。

僕が生まれて、百日写真（後ろに女性の左手と腰回りの写真）と満一歳の誕生写真がありますが、よく残っていたなと思います。父ちゃんから直接聞いた話では、僕の一歳の誕生日は地元の警察署長も来て盛大だったそうです。

八尾に来てから、取り寄せた戸籍謄本に寄ると、僕の生まれは一九四六年二月八日、石見福光村生まれとありました。

張甲用長男張勝男とあり、名字だけがこの時点で父ちゃんも僕も何故、金ではなく張になっているのか不思議な感じがしました。

一九五〇年（昭和二十五年）一月二十日、島根県石見福光より山口県厚狭郡小野村受付とあり、本籍は韓国慶尚南道南海郡昌善面（現在も同じ）とあります。

僕が生まれた頃は母ちゃんと四歳年上の姉が神戸に居たと聞きましたが、戸籍を見ると母ちゃんと姉は島根には来ず、昭和二十三年に山口県厚狭郡小野村鍛冶屋河内へ転入とあり、妹の勝美が昭和二十四年に同住所で生まれ、僕は昭和二十五年（四歳）、山口県の同

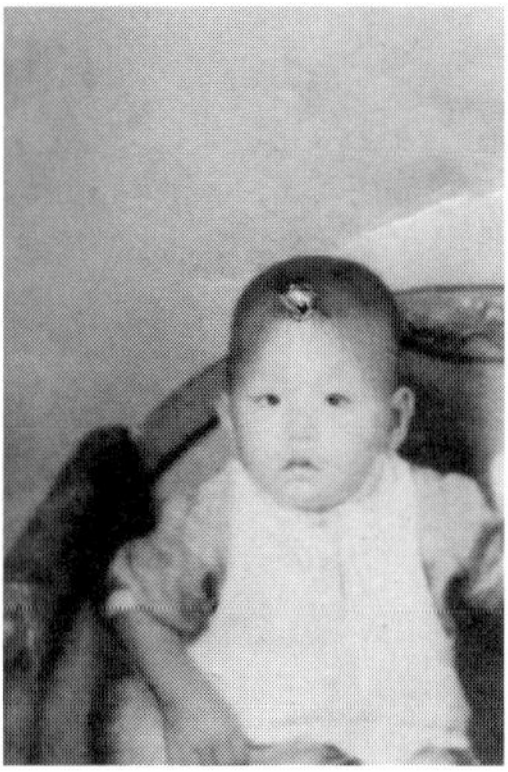

満一歳の誕生日

じ住所に転入されていました。

僕は何故、島根県石見福光の何処の誰から生まれ、山口県に行くまでの四年間を誰と暮らしていたのかと疑問がわいてきました。島根県では父ちゃんと僕の名字が張で、山口県に転入後は金に戻ったのも不思議でした。

母ちゃんの話では、僕の四歳上の姉が生まれる前に男の子を二人幼くして亡くしたそうです。

疑えば父ちゃんも長男、日本に渡り早く跡継ぎが欲しかったので僕を養子にしたのか？それとも母親が別に居るのか？　なぜ石見福光に出生届けがなく名字が張なのか？　両親を見送って自身七十歳過ぎての戸籍調べもないものですが、考え出すと疑問が次から次へと湧き話が込み入ってきました。

父ちゃんはなぜ日本に渡ったのか

もうひとつの疑問は、父ちゃんは長男なのになぜ韓国を捨てたのか。故郷には父親が先祖より受け継いだ農地も山もあるのに、十五歳でなぜ故郷を捨てたのか、叔父さんに連れられてなぜ日本に渡ったのか、です。

僕が小学低学年の頃、ハンメ（祖母）がある日突然家に来て一緒に住み始めました。その日から、寝るのもお風呂もハンメと一緒でした。二〇一六年（平成二十八年）、縁あって国立ハンセン病療養所の長島愛生園をテーマに「時は過ぎゆく」を撮影後、個展も済んだある日に、ふとした事から僕が中学生の時、冬にハンメが寝床で、つぶやいた一言が鮮明に浮かんできました。

ハンメのその一言は後にも先にもその時一度だけでしたが、ハラボジ（ハンメの夫）の顔が……みたいで怖かったと。そのハラボジは四十五歳で人生を終えたそうです。

聞いた時は何の事かあまり気にも留めず聞き流してそのまま眠ってしまいました。

今なら理解も出来ますがその時代の歴史背景と環境を想像するとわかりかねることはたくさんあります。また僕が国立ハンセン病療養所・長島愛生園をテーマに「時は過ぎゆく」の写真を撮る事がなければ、おそらくそのまま気付かず通り過ぎたと思いますが、不思議な巡り合わせを感じています。

振り返ってみれば原点は写真。大和川で稲田姫と出会い、島根県石見福光へのルーツ探しをしなければ父ちゃんの事も僕の出生も深く考えずに「時は過ぎた」のかもと。

映画「たたら侍」

二〇一七年九月三十日から三泊四日でまた奥出雲方面の大蛇伝説やルーツ探しに行きました。奥出雲を走り回っていると映画「たたら侍」のポスターがここかしこに貼ってあり興味が湧き、また、ご縁坂に「たたら映画村」オープンセットの看板もあり立ち寄ってみました。その時代（千年前頃？）の生活習慣や建築様式にこだわり造った感じでしたが、僕は炭焼小屋に一番気を引かれ山口県で中学生時代に焼いていた「僕の炭焼き窯」を思い出しました。「たたら映画村」で色々話を聞くと、十月二日で一時的に閉村してその先は存続を検討中でわからないと言う、お土産にたたら吹きの砂鉄をもらい最後の映画「たたら侍」を十六時から上映すると言うので宿の予約をとっていた、自然博物館の宇田川和義館長に電話をいれ遅くなる説明をして了解をとり、ゆっくり映画を観た後での感想会もありました。

たたら侍主役はスーパーヒーローでなく苦難を乗り越え挫折しながら成長していく様に共感し、又、他の共演者たちもそれぞれの役の個性を発揮、観光名所もロケして地元ならではの美しい風景の映画でした。

日輪の写真

過去に不思議か偶然か、二〇一三年（平成二十五年）十一月十四日（木）十六時四十分、奈良県生駒市平群町からの帰りに撮影した時、偶然に不思議な「日輪の写真」を撮れるようになりました。

こじつけかも知れませんが大和川の椋の木（稲田姫）が枯れた年でした。

二〇一八年（平成三十年）三月二十五日十八時四十分、出雲の稲佐の浜（国譲り）で日輪を撮影後、車の後部ドアは開けたまま、カメラを後部座席に置いていましたが、目の前でアスファルトの上にスルリと落ち、レンズを真下にカメラを置いたようにキチンと立ち私は唖然として身動きできませんでした。

石もないのにPLフィルターにひびが入り意味深な三本足のカラスのような模様、日輪の写真が撮れなくなりました。出雲は神様の国、天照大御神と言えば太陽神、出雲で日輪を撮って「弄ぶな」と言われたような気がして残念でしたが何となく納得できました。

平群町の日輪

稲佐の浜で巡り合い

国譲り・国引き神話の浜
神在月（旧暦十月）全国の神様の上陸地

ゆめうつつ…

割れたフィルター（三本足のカラス？）

天運試し

二〇一八年（平成三十年）四月、毎年一回の健康診断に行くと今年も同じく、心電図の生命線が三年連続で下にぶれている。

先生からの診察結果では三年続けて同じく「心臓が壊れている」そうで、ぽっくりいくか寝たきりになる可能性があると言われました。

自分史もこの辺で一区切り、昔からの夢「放浪の旅」に出るやっとその時期が来たように思います。

そのための準備、座骨神経痛も痛く最近は自分でも少し弱気、気力、体力不足も補い天運試しをしようと思いました。

二〇一八年（平成三十年）五月八日から十二日島根県奥出雲へ目標は四ヵ所登山でした。

第一目標は奥出雲町、素戔嗚尊降臨伝説の船通山（千百四十三M）。小雨降る中、昼前から登り始めました。持ち物はカメラ、お茶、木刀、山は霧に包まれ小川に沿っての登山道には濡れ落ち葉、石はひかり滑るなか幻想的な風景に心ウキウキ歩き始めました。

濡れた木々の幹は黒く新緑は映え、鳥上滝（斐伊川の源流）のせせらぎに心奪われシャッターを切りながら登るうちに、ポケットに入れていたペットボトルのお茶をなくし仕方ないのでせせらぎの水を手ですくい飲みながらの登山でした。

　頂上近く霧の中でふとした気配で振り向くと、一本の古木が二ューッと大蛇のごとく見え写真を撮りました。木々のトンネルを抜け頂上が見えて来た時はほっとしましたが、残り二十メートルくらいの上り坂で息苦しく疲れがどっとでて足が止まりました。一休み、二休み、三休みしてやっと頂上にたどり着きました。頂上には大蛇退治した時に尾から出たアメノムラクモノツルギ（草薙の剣）のレプリカがあり鳥居と小さな祠がありました。

　写真を撮っているうちに気力体力も回復し、心機一転下山することにしました。

ただ残念なことは頂上近くの登山道には「カタクリの花」の群生地がありましたが、後で聞くと例年より一週間早く花は終わっていたことでした。

　車まで戻って初めて気付きましたが足元はドロドロ、奥出雲の定宿（多根自然博物館）に泊まりすべてを着替え洗濯、靴も洗いドライヤーで乾かしました。

　今日、船通山では登山者一人も出会わず、「熊に注意」の看板もあり熊にも会わず（残念）船通山貸し切り大満足の一日を抱いて爆睡しました。

遭難に会いかけて

二〇一八年（平成三十年）五月九日朝、雲南市の斐伊神社と八本杉を訪ね、その後前日の登山で筋肉痛を心配していましたが痛みはなく、第二の目標、大国主命の御琴伝説、琴弾き山（一〇一四M）へ登りに行きましたが登山道が分らからず飯南町役場へ電話して聞くと琴引きフォレストパークスキー場からの登山道を教えてくれました。

今日も前日からの小雨で薄い霧の中、新緑の登山道はぬかるんでいましたが気分は爽快、十一時頃からカメラ片手に撮影しながら登り始めました。新緑の中、道中には大岩や小さな滝もあり被写体には事欠かず、小さな滝やせせらぎの音にも癒されながら登りました。

頂上近く両側に巨岩、石段の奥に琴弾山神社（安産のお守り）があり、参拝して写真を撮り十三時過ぎ頂上へ着くといつの間にか天気は快晴、三百六十度視界は開け展望も素晴らしく、頂上では積み石があり僕も欲張り三個を積み上げて後にしました。

琴弾神社まで下りてふと見ると消えかかった古い標識があり、別の名所があるのかなと思いながら進むと、道は細く急こう配で下りはじめて二十分くらい過ぎると、戻るにしても帰り道が不安になり、又、飯南町役場に電話をしました。

電話を受けた人が琴引山に詳しい人に連絡。電話が入り話を聞くと今朝登山道を教えてくれた方で今、偶然にも近くに来ているとのことでした。

話を聞くと、この道はもう一つの登山道だけど馴れない人にはわかりにくいので元、来た道を戻ることを勧められました。が、その時の僕は日頃の運動不足がそのまま足にきていて、下りて来た急こう配の坂道を戻る自信がなかったので、このまま下ると話したら登山道から離れているので下山口まで車で迎えに来てあげようと言われて甘える事にしました。

　道は下るにつれて細くなり下山道が分からなくなりしかたがないのでまたその方に電話をかけると、迎えに行くので道が分からなくなった所まで戻り待てと言われて、「おーい、おーい」と大きな声を出しながら戻り、やっと見つけてもらった時は恥ずかしさと照れくささもありましたがともあれホッとしました。しかし反省することが多く無知を知りました。

　この日出会った登山者は登山道入口近くで下りて来た帰りの三人連れの一組だけでした。

御礼の機会

　僕は田舎育ちなので山の中では（町では迷子）迷子になることなど考えたこともなく、役場の人の機転と偶然のラッキーに助けられました。

　今朝の登山道入り口の駐車場まで送って頂きお礼を言うと、仕事の一つだからと言って帰られました。飯南町役場の人に感謝、七十二歳の自分を恥ずかしく思いました。

　その続きで役場の人に情報をもらい、今回の旅三番目の目標三瓶山へ下見に行きました。

「これからは絶対、無理はしないように」と注意をされ肝に命じました。

三瓶山外周道路の案内所で頂上に何か伝説的な祀り場所はありますかと聞くと、素晴らしい展望以外は何もないとの説明に登山を諦め、今日一日の反省をしながら三瓶山温泉に行きゆっくりつかり気持ちもリフレッシュして宿泊所へむかいました。

あくる日は出雲の長浜神社で偶然見つけた疑似大蛇（一匹）が気になり写真を撮りに行きました。

以前、斐伊川上流の天ヶ淵で見つけた岸辺に上がった疑似大蛇（二匹）、船通山の頂上付近で見つけた古木の疑似大蛇（三匹）、島根県に来るとどうしても「素戔嗚と稲田姫と大蛇」の三点セットが気になります（目標、大蛇八匹）。その後たたら守護神金屋子神社へお参りして、日刀保たたらへ木原明さんを訪ね写真を撮らせてもらいました。

今回の旅では島根弥生の森博物館の「四隅突出型墳丘墓」を見に行きました。

また、僕の生まれ故郷（石見）近くに、五十猛（須佐之男命の子）一族上陸地伝説「韓神新羅神社」があり、五十猛町の五十猛神社にお詣りしました。

次に今回の旅の四番目の目標、月山富田城跡へ向かいました。

富田城天守跡への道は急こう配、石垣は堅固。弓槍の時代、攻め手は大変だったろうなあーと、天守閣跡から遠望「難攻不落」名城と不屈の勇将「山中鹿之助」の面影を感じました。

そして五月十一日は帰りに岡山県の長嶋愛生園に寄り、坂野さんと広瀬さんを訪ねてゆっくり雑談してお二人の元気な姿を見て帰り今回のプチ旅も無事に終わりました。

大阪に戻り十二日、琴引山で助けてもらった飯南町役場の人に、先日のお礼メールを入れるとビックリ、返信メールでは飯南町と大阪の伊丹市は姉妹都市、昨日から伊丹の昆陽池でイベントしているとあるので家内とさっそく昆陽池に向かいました。

まさか遭難三日後に会って直接お礼を言える機会があろうとは、本当に偶然というか縁の深さに不思議な思いがしました。

一冊の本

今回の旅で島根へ行くのもそろそろ終わりかなと思いました。

振り返ってみると、二〇〇三年（平成十五年）桜井市の大和川で稲田姫と出会い手招きされてその後島根（太田市）へ出生の謎解きに通うことになり、島根県朝鮮総連の団長（梁在植）さんに、父ちゃんと僕の過去を七十年遡って戸籍調べしてもらうお願いをしました。

その中で、二〇〇一年（平成十三年）三月二十三日発行の「朝鮮人強制連行調査の記録（中国編）」という朝鮮人強制連行真相調査団の編著を頂きました。

「記憶を呼び覚まし、歴史を次世代に語り継ぐ」をテーマに文献と現地調査、証言により明らかにされる朝鮮人強制連行の事実。山口・広島・岡山・島根・鳥取五県の（中国編）全容解明に迫った初めてのドキュメンタリー、歴史の証言として、丁寧に取材し同胞をいつくしみ寄り添った素晴らしい本でした。

本書を読み進む中、小学生の頃父ちゃんから残留調査された話を聞かされた事実とも偶然にも重なり（厚東ダムの湖岸道路建設に携わりそのまま居住）、その当時のことが鮮明に描き出されていて感動、身の震えを憶えました。

出生の謎は時すでに遅く終戦当時のことを知る方もおらず諦めるしかありませんが、この世の縁という謎解きは思いがけないところで繋がるものだなと思いました。

稲田姫の作ってくれた縁で過去を探り、「古事記」に「たたら玉鋼」製鉄へと興味が広がり、ルーツ探しの出雲詣の結果、「生まれ故郷を誇れる」感情を抱くことも出来ました。

参拝

僕は物心ついた頃から、神仏に対しての信心が薄かったように思います。

山口県に住んで居る頃は生活が苦しく、父ちゃんも母ちゃんも先祖供養の法事も祀った事は無かったように思います。しかし大阪に移り住んで生活に少し余裕がでてくると、三代遡っての法事が復活しました。父ちゃんも十五歳で韓国から日本へ渡ってきたので法事の作法もあいまいでしたが、長男として韓国での法事を多少は憶えていて決して法事を忘れてはいなかったと思いました。反対に僕は先祖供養の法事はしますが神社仏閣へ行っても手も合わさず礼もせず無信心でした。が、不思議なことにルーツ探しの出雲詣でをしているうちに、今ではお寺へお参りして手を合わせ、神社へお詣りしても柏手を打つようになりました。

旅に出て

二〇一八年（平成三十年）六月二日、二人で家内の故郷天橋立へ行き股のぞきの記念撮影をした後、伊根の舟屋から、鳴き砂の琴引き浜の夕景を見て、近くの民宿に泊まりました。あくる日は丹後半島をドライブしながら、夕方宮津駅で大阪へ帰る家内を見送り、僕は舞鶴港へ向かう道中、由良川を渡る京都丹後鉄道の電車を撮影しました。

夜半になって、舞鶴港から北海道の小樽へ行くフェリーに乗るまでに時間があり、「日本一周の旅に出る」きっかけを思い遡ると、二十五歳の時（青春の終わり）一人旅で大阪から夜行列車で四国香川、高知（泊）、愛媛（泊）、九州大分、宮崎、鹿児島（泊）、熊本（泊）、長崎と。五万円持って四泊五日の旅、長崎で最終目的「虹ノ松原へ」は行かれず、未練を残して旅は終わり、いつの日か又必ず来ると念じ夜行列車で大阪に帰りました。

そして今、六月三日、京都府舞鶴港二十三時五十分発フェリー「はまなす」に乗り北海道へ、船中ではなかなか眠れず窓の外は真っ暗、うつらうつらしているうちにそれでも眠って目覚めた時には陽が昇っていました。初めての船旅は退屈、佐渡沖は携帯電話の圏外、被写体も単調で写真も撮れませんでした。六月四日二十時四十五分小樽港着。さあ夢旅、第一歩。

まずは夜の小樽運河へと旅の相棒はトヨタノア四輪駆動二〇〇〇CC、カメラはEOS5DマークⅢ二台、レンズ24ミリ～105ミリ・70ミリ～300ミリ、LUMIXDC-FZ85を携えて出発。小樽運河から日本一周の旅にスタート。車中泊、翌朝しばらく走り偶然通りかかった線路側にローカルな駅を見つけて立ち寄りました。

旅の友、愛車ノアとカメラ一式

明日萌駅（あしもい）待合室の側に咲いているスズランの写真を撮り、電車が来たので駅のホームへ行くと単線で電車は一両でした。待合室に少女がいて電車に乗らないのかなと思いよく見るとドキッ！人形でした。（平成十一年NHKテレビ、スズラン放送、あしもい駅）。それから日本海側を稚内に向かう「オロロンルート」を走りました。初めて見る北海道の景色は新鮮でした。さえぎる物もない畑は広く、牧草地に乳牛はのんびり朝食、周りに畜舎やサイロがあり写欲をかきたてられました。

稚内ノシャップ岬から宗谷岬を周りオホーツク海へ、海岸線を走ると岬には風車が立ち並び海側にはソーラパネルの異景、ウスタイベ千畳岩、干潟には北へ帰りそびれたかそれとも永住の丹頂鶴のツガイがゆうゆうと散歩していました。丘の上には広大な風景が広がり青、白、緑だけ「畑の上に空がある」たまらんなーと。又、海辺には朽ちた番屋が此処そこにあり、牧草道はトラクターが連なり（暴走族）土煙をあげて走り去りました。

知床半島

広大な牧草地にタンポポがびっしり咲き繁殖地への風を待っているなと、他の牧草地では黄色い花が野原いっぱい風に踊らされていました。その他、湿原やオシンコシンの滝（双美の滝）にガメラ似の巨岩、ゴジラ岩、厳寒の流氷名物、根室クルーズのゴジラ岩観光船の出る港がありました。

そして網走を過ぎ待望の知床半島へ行くと岬へ車は入れず、ウトロから知床峠に向かいました。

峠に登るほどに残雪もあり、芽吹く前の木立は厳しい冬を風雪に押し込まれ同じ方向に裸で陽に照らされ、日光浴している姿にほっこりしました。

峠から眺めると羅臼岳に霧がかかり、残雪の雪解け水が流れる谷間に蕗の薹が斜光線の中に春の息吹を感じさせ撮影していたら、ひょっこり可愛い子キタキツネが現れました。

峠から下る道中も残雪と新緑、写真を撮っていたら時間の過ぎるのを忘れていました。

羅臼に着いてから知床岬の方へ行くと波は高く、漁船は波間に見え隠れし「アッ沈没」と思わすような景色を撮影、岬への道路下浜辺には番屋が並び台風や大波が来た時は大丈夫かなと。今度は「アッ風呂」の看板を見ると相泊とあり、天然温泉、入浴自由でしたが足湯して帰りました。

羅臼の民宿で泊まり、翌朝相泊の天然温泉が気になり去りがたく戻ると、キタキツネが迎えてくれ朝風呂。温泉は浪打際にあり潮風は気持ちよく適温、貸し切り鼻歌でも歌おうかなと。

「いい湯だなーハハン」晴れた日には国後島が見えるそうです。

納沙布岬の海は白波が立ち強風に雨は激しく降り肌寒く感じました。望郷の岬公園も風当たりが強く、北方四島返還記念のシンボル像の下には四島（しま）のかけ橋像があり、祈りの火が燃えていましたが、強風にあおられてシャターを切る瞬間に消えました。

次は襟裳岬にと思いましたが山に向けて寄り道すると地道でぬかるみ庶路ダムに迷い込み、対向車（ジープ）が来たのでこの先はと聞くと、来た道を戻った方がよいと諭され不本意ながら前向きを断念、方向転換して戻り襟裳岬を目指しました。

襟裳岬近くの山上には大きなレーダー設備がしてありました。やっぱり直に見ると迫力もあるし怖いなーと。何もない襟裳岬の風は冷たく温かいラーメンを食べました。

次は太平洋側を通って浦河、日高方面の牧場へ、今年産まれた「仔馬の親子」の写真を撮りに行きました。道中出会った人に仔馬の親子撮影を聞いてみると、牧場には撮影禁止ながらも暗黙の了解もあると。馬を刺激しないよう近寄らず望遠レンズで静かに息をひそめて撮りました。

大雪山国立公園

北海道へ渡ってからの高速道路は広く直線は長く車は少なく、知らぬ間にスピード違反(捕まれば)、目的地へはナビの所要時間の約半分、出会う景色はシンプルで新鮮な感動あり、写欲が湧き撮っては走り、止めては撮り、バックしては撮り、飽きることもなく次から次と気持ちは前に前にと、通り過ぎて行く景色がもったいないので一般道へ(高速道と変わらず)ゆっくり北海道のつもりが、バタバタ北海道になりました。

北海道の外周は一旦襟裳岬で終わり、道央へ向かう峠道、突然、キタキツネの母子が道を横切り、あわや車をそのまま止めて撮影、母狐に子狐二頭がおっぱいを咥えて離さないまま藪の中へ、「野生の本能」を垣間見たような気がしました。

その後美瑛の拓真館を目指しましたが、着くと間に合わず(五時閉館)、前田真三先生がどんな所で撮影したのか興味があっただけに残念でした。日没七時過ぎ(夏至)まで走り回り、美瑛の美畑から十勝岳の噴煙、その他にも感じた風景を撮りました。

日は変わり層雲峡に向かう途中畑に散水車が作業中、それも二回、思わずラッキー、層雲峡に入ると岩壁にへばりついた新緑、そして銀河、流星二本の見事な滝がありました。

又、新緑の三国峠の樹海ロード、松見大橋は薄い霧に包まれ景色は雄大でした。

層雲峡で泊まり、翌日、旧国鉄士幌線糠平湖にかかるタウシュベツ川橋梁は、「一月頃から姿を現し八月頃は水没を繰り返しいずれは朽ちる」のパンフレットをみて、行く道を探すと、車で行くには熊出没地域なのでゲートがあり鍵を借りて入り、閉めて又帰る時は開けて閉めて鍵を返しに行くということ。う～ん後悔はしたくない、十勝西部森林管理署東大雪支所へ許可証と鍵を借りにいきました。

何処から来たのと聞かれて、大阪からと話すとご苦労さん「いいタイミング」だと言われ、「エッ何が」の質問に、貸し出し鍵の数が少ないので今、あって良かったと。

さあ期待に胸膨らまして林道を行くと、遠目にも素晴らしい近くで見るともっと素晴らしい小雨の中、霧にけむり、後景は水墨画のような山並み、糠平湖にかかるアーチ型の橋が水没、雪、氷、風、干潟を繰り返し、セメントと砂利は劣化し、鉄線はむき出し、後は朽ちるだけの運命か、森羅万象に身をゆだねてみたいなあーと、心の内で残像を何度も巻き戻しながら鍵を返しに行きました。

摩周湖

摩周湖への行く時に噴煙が見え寄ってみると硫黄山でした。噴火した岩肌の中、噴煙の吹き出し口が数か所あり、黄色い小さな硫黄の塊が積み重なっていました。

少し離れた場所に木立や荒れた砂地をよけて群生した白い「イソツツジ」が満開、所々に黒枯れた木とイソツツジを組み合わせたような自然の「オブジェ」がいくつかありました。

さぁー、伝説の「霧の摩周湖」にいざ初見参。摩周湖の外周は新緑、そしてやわらかい霧がうっすらとかかり、カムイシュ島は無音、無風、幻想の中に浮かんでいました。

屈斜路湖では、湖畔強風の中、混浴露天風呂へアメリカの青年と入浴（きもちいい）後、アイヌ民族資料館を見学してから阿寒湖、そしてアイヌコタンに行きました。

アイヌと言えば、六十年以上前、山口県宇部市小野小学校の時に全校生徒が講堂に集まり、アイヌ民族の踊りを見たことがありました。

走行中、オンネトーの看板に何かな、どんな所かなと思い行ってみました。本線を離れ脇道に入ると、硫黄の匂いが鼻を突きました、木のトンネル、森の中を進むと静かな湖畔に出ました。夕方でしたが霧が湧いて風もなくシーンと静まり幻想的でした。

写真を撮って戻ると先ほど硫黄の匂いは温泉宿、空き部屋があったので泊まりました。お風呂に行くと窓やドアは開けっぱなし、訳を聞くと、以前硫黄が濃く倒れる人が居たそうです。

僕には初めての体験でしたが最近また坐骨神経痛、温泉に浸かると数日は痛みが取れて気持ちよく、いい温泉だなぁーと思いました。

虹の中

夕張では、映画「黄色いハンカチ」ロケのモニュメントに着くとここでも閉館前、(五時)。お願いして見学させてもらいました、観た映画のワンシーンを思い出し懐かしくもありました。

見学後、戻ると、駐車場の周りはマーガレットが咲き乱れその中に野生の鹿がツーカップルでデート中、撮影しての帰り道、目の前に大きな虹が現れ急いで車を左端に止めて降りると、「僕は虹の中」茫然として撮るのを忘れ、見とれ、虹が僕を通りすぎる時にかすかなジジジチリチリチリと音がしたような、してないような虹が谷を越えて我に返り、慌てて写真を撮りました。しかし、虹の足元それも虹の中とは絶句の感動でした。

大阪府北部地震

洞爺湖は清みきった遠浅に色彩ゆたかな小石を敷き詰めてい

車を降りると僕は虹の中に感動

るようにも見えました。

湖畔で会ったおじいさんに招かれ自宅訪問、自慢話に付き合わされました。

昭和新山へ寄って、北海道へ嫁いだ（有言実行）姪の明美と有珠駅で待ち合わせ、待っている間に白髭のおじいさんと立ち話、その日は明美宅に泊まりました。

後で明美に話すと、洞爺湖、有珠駅で会った二人のお爺さんは地元の有名人？でした。

あくる早朝、明美達に見送られて出発、北海道外回り六ヶ所目の岬室蘭へ行きました。

東日本最大の釣り橋、白鳥大橋（１３８０メートル）を渡る時、橋の美しさにカメラを取り出し車中から、ノーファインダーで撮りました。又、室蘭港から橋を見上げての感想は「白鳥大橋」、いい名前を付けたなあーと思いました。

登別へ着いて駐車場へ、ガードマンが車のナンバーを見て話すには大阪はえらいことになっていると言う、大阪府北部地震、二〇一八年（平成三十年）六月十八日七時五十八分、震度六弱、自宅に電話は通じず、しばらくして家内、娘達から連絡があり、皆無事の声を聴いて安心、旅を続けることにしました。

登別温泉は過去に来たことがありましたが別の新鮮さがあり、三途の川、地獄谷を散策して大沼湯から灰色のお湯が流れる「大湯沼川天然足湯」へ行きました。

若い女性グループと一緒にしばしの足湯仲間、しばしの雑談も楽しく身も心も癒されました。

積丹半島の海岸線は荒々しく奇岩が個性的、突き出た神威岬への遊歩道は（写真で見た）万里の長城を思わせる道のりでした。

次は余市、ニッカウイスキィー会社の写真を撮ってからガソリンスタンドで「一度は」と勧められ、思いとは反対方向、霧のシャッポをかぶった羊蹄山を見ながら美瑛の青い池へ、青い池には枯れ木が無数あり湖面は青く「美しい」の表現がぴったりでした。

近くに望岳台があり、山には残雪と新緑、積み石の小山がいくつかありました。

その日は十勝岳温泉「凌雲閣」で泊まりました。部屋から見る景色は新緑と残雪、早速カメラを取り出し撮りました。

凌雲閣の話を聞くと北海道で一番高地の（千二百八十メートル）温泉宿、流れ出る温泉は赤色、お湯も本当に気持ちよかったです。

北海道よ　また

あくる朝陽の中、清々しい空気間とクロエゾ松、風の当たる側は枝がなく幹が照らされ光り、痛々しくもあり勇壮でもありました。

層雲峡に行くと岩壁と新緑の対比が面白く、ロープウェイで登る途中も窓から残雪や新緑を撮り、黒岳駅へ着くと山から坂道を雪塊が帯状に押し出され迫力がありました。

黒岳駅付近を散策していたら可愛いリスが現れて「こんにちは」可愛いポーズにパチリパチリ。

北海道も自分なりに撮ったのでもういいかと函館に向かうことにしました。

昼の小樽に寄り、羊蹄山を撮りながら山麓の牧場に戯れる牛たちを見撮り、山中から目先を変えて海岸を目指しました。鰊新御殿（ニセコバス停）付近は風車が海岸線にズラリ、その夜は車中泊してぐっすり眠り、翌朝目覚めて早朝から撮影、江差から松前へ向かう海岸線も奇岩多く夢中にさせてくれました。

白神岬へは夕方着きましたが波荒く、水平線は落日前で白く霞み、灰色雲の中「帰ろかな〜」北島三郎の歌ではないけれど、数羽の鳥がねぐらに帰って行きました。

あくる日は快晴、朝一番に海岸に昆布の天日干しの昆布が黄土色に光っていました。作業していた人に写真を撮らせてもらい話のなかで昆布干場にも色々あり説明をきいて勉強になりました。

函館への海岸には太平洋セメントの海に突き出た長いベルトコンベアーが、航路の邪魔になるのによく許可されたなと感心しました。

函館は五稜郭のタワーに上り、五稜郭の形になるほど。函館山頂上から昼夜撮影、特に夜景撮影は観光客に後ろからギュウギュウ押されての順番待ちが大変でした。

大沼国定公園では初めて見るニセアカシヤの花が満開、湖上に散り風に押し流されていました。

湖からの駒ヶ岳借景は青空に白い雲（北海道は空が綺麗）バッチリでした。

翌朝、函館のトヨタで車の一部修理をしてから歳三、啄木ロマン館（石川啄木・土方歳三）を見学後裏の海岸へ出ると、この海岸は石川啄木が詠んだ「東海の小島の磯の白砂に我泣きぬれて蟹とたわむる」のモデル地区、又函館山の岬を海から見ると牛の寝姿に見え、そこで臥牛山（ガギユウザン）の名がついたと地元のお嬢さんが教えてくれました。

話では聞いていましたが初めてみる函館の赤レンガ倉庫、ハリスト正教会、カトリック元町教会も撮影して北海道を離れることにしました。

二〇一八年六月二十五日函館十六時四十分発～青森県大間十八時着の津軽フェリーに乗り

函館を出ました。

青森へ

夕方六時に大間に着いてからフェリー出口後はさて右か左か、夕焼けが撮れそうな赤石海岸へ、沈む夕日を撮り時間を見たら十九時前、車中泊を決め夜食を買いにスーパーに行くと話の流れで民宿を紹介してもらいました。

民宿に電話すると部屋はあるが泊まり客の食事は終わったとのこと、女将さんが今から仲居さんと食事するので一緒いいかと聞かれてもちろん了解しました。

女将さんと仲居二人に僕と四人、食事しながら会話が盛り上がり、注文しないのにヒラメの造りや包装したままの大間のマグロまで出してくれました。

食事中、佐井村港から観光船で行く仏ヶ浦は必見だと言うことで、明日朝一番の観光船を予約してくれました。

仏ヶ浦は絶景、高さ二十〜三十メートル級の奇岩がそびえ、並び、圧巻、来てよかった。もし来なかったら後で知りきっと後悔しただろう。

次の目的地は恐山、カーナビで行くと山中の地道を走り通行止め明けに熊出没の看板、不安でしたが山道に入った以上は仕方がない山越えして、舗装道路に出た時はホッとしました。

恐山の写真を撮り宿院に泊まり、夜食朝食は宿泊客全員一緒でした。朝食後お参りに移動、写真を撮っていたら、住職「金さん、あんまり撮るといろんなものが写るよ」（笑）と。

恐山で想像さえしていなかったのは温泉。板葺き板張り昔ながらのシンプルなお湯場に薄緑色の温泉、男湯・女湯・混浴とあり、温泉に四回浸かり大満足。明るく楽しい恐山でした。

青函トンネル記念館では、映画「海峡」のポスター、閉館前（五時）に入り、帰り客から地下トンネル見学を進められ、ケーブルカーもぐら号に乗り斜坑線の入り口にドッキリ、まるで火葬場、鉄の扉が引き上げられ下りトンネルの中、海面下百四十ｍまで七分、トンネルの中は工事時が一部再現され、廻難道もありました（青函トンネル53・85ｍ、海底２４０ｍ）。その後、風の竜飛岬は夕闇が迫る中、黒い強風に海には白波が立ち岸壁に砕け風に吹きちぎられて飛び散り、今は初夏だが冬はどんな風が吹くか来てみたいと思いました。

翌朝、津軽富士見湖（木造・鶴の舞橋）への道すがら、朝日のあたる岩木山（千六百二十五ｍ）は白雲を腹巻にしてドーンと居座り抜群の貫禄でした。

赤い鳥居が連なっている高山稲荷神社。五所川原（太宰治生家・ねぶた記念館）を経て中尊寺は思ったより地味でした。近くの毛越寺は逆に素通りせずによかったなと思いました。

東日本大震災跡へ

二〇一一年（平成二十三年）三月十一日（金）十四時四十六分、「マグニチュード９・０」。二〇一八年七月一日に震災跡へ行くと奇跡の一本松（岩手県越前高田市）は工事中、囲いがあり近寄れず、ＬＵＭＩＸ（超望遠レンズ）で撮りました。宮城県南三陸町役場職員の遠藤未希さん（役場の放送で津波が来た、最後まで高台に逃げて）に合掌。……南三陸町の造成地はまだ空地が多く川の堤防はコンクリートかさ上げの工事中でした。二〇一八年七月一日、この日は青空に白い雲が自由気ままに流れ、出会った人に声もかけられず目線で軽く会釈しながら写真を撮り、テレビで見た津波のシーンを回想、「あの日あの時あれは一体何だったのか」と。

その後、松島では遊覧船に乗りました。ヨットは帆を膨らませのんびりと、水上バイクは波しぶきを跳ね上げ並走、その日は松島で泊まり夜に大阪八尾の写友に電話をかけると、旅の話で奥入瀬の話になり素通りしたことを話すと返事は「絶対お勧め」と言われ明日、奥入瀬に引き返すことにしました。

奥入瀬

奥入瀬の木々は背高く木漏れ日がもれ、清流に新緑は清々しくオニモッケも咲いていました。

シーズン中は、車も観光客も多く遊歩道も混雑すると聞いていましたが、今はオフなので好きな場所に駐車しては写真を撮り、来た時期がよかったなと思いました。

その後ブナ林に囲まれた道を走り、笠松峠から八甲田山に行きロープウェイ乗り場まで行きましたが気分が乗らず引き返す途中、地獄湯では湯気が上がる中、土砂降りに会いそれでも感動し撮影して、雨上がりの奥入瀬に戻り雨上がりの水たまりを映写、陽が射す森林浴のトンネルに再突入しました。

その日は十和田湖ホテルで泊まり支配人とは同年、他の客はなく会話しながらの食事中に写真の話になり、明日朝霧が出るといいですねとのこと。翌朝、目覚めると四時前、窓から見ると湖は霧、飛び起きてカメラ片手に寝巻浴衣のまま被写体を求めて湖畔を散策、写真を撮りまくりました。

撮影終わりホテルへ戻ると五時過ぎ、体が冷えていたので熱いシャワーを浴びました。

ホテルを出て道中にあった展望台にあがると、十和田湖は雲海にびっしりうもれ感動でした。

秋田県男鹿半島へ、岬は風強く小雨交じり草原に抜けたばかりの鳥の羽がそっと置いたようにあり、意味深な感じがして持ち帰りました。

日本海を走ると海は荒れて波高く小雨が横殴り、灰色の海を撮影しました。海岸には中国四大美女のひとり、西施（紀元前５０２〜４７０年）が日本海を背に大きくて素晴らしい白亜の優雅な像がありました。

また奥の細道で松尾芭蕉の詠んだ句「像潟や雨に西施がねぶの花」もあるそうです。

出羽三山

出羽三山は先ず羽黒山（四百十四ｍ）に行きました。裏参道に国宝「五重塔」や爺杉（樹齢千年）があり、「羽黒山正善院黄金堂」への裏参詣道は杉の大木、並木道は石段（二四四六段）が続き、本堂にお参りして同じ道を帰り撮影、写真を撮りだしたら切りがなく昼過ぎに入山、下山途中にある茶店では夕方五時前、旅館を紹介してもらいました。

翌日の月山（千九百八十四ｍ）は風強く、八合目の駐車場から月山の頂上を左に見て湿原の中、木道を行くと両側に形違いの小さな池が無数にありさざ波がたっていました。また二ッコウキスゲと四～五年に一度咲くと言う珍しい白い花「コバイケイソウ」が群生、特大ラッキーでした。

湯殿山は、赤い大きな鳥居をくぐり入るとまだ雪渓がありました。御神体を拝む前にお祓いを受ける何組か順番待ちしている中、お祓いする人が大きな声で男前が来たので空けてと僕を呼び先にお祓いをしてくれましたが、ここで押し問答もややこしいなと思い軽く会釈してそのまま甘えました。

御神体へのお参り道は裸足がきまりでした。御神体は湯の花が流れ出して真っ赤に固まったような感じを受けました。撮影禁止に残念。お参りが済むと足湯があり、さすが湯殿さん納得しました。

その後日本海へ、笹川流れには「松島はこの美麗ありて此の奇抜なし、男鹿も此の奇抜ありて此の美麗なし」（幕末の志士、頼三樹三朗）の看板がありました。

しばらく走り美ヶ原の標識を見て一目散に突っ走り、頂上に着くと青空に白い雲、両手広げて全部空、素晴らしい天空を出会った素敵な娘さんにすべてプレゼント、「ありがとう」と明るい笑顔を返してくれました。

幸運

夕方、急に魚を食べたくなって富山湾へ、新潟県の「親知らず子知らず」を通り過ぎて海側の駐車場で休憩、振り向くと海から半島へ綺麗な大きな虹をみて思わずラッキー撮影しました。

富山で食事してとんぼ返り、真夜中に道の駅（親知らず子知らず）に戻りました。

富山へ行く前に道の駅で知り合った岐阜の人はヒスイ（原石）探しに八年越しに通っていると話していました。翌朝、同行をお願いしていたので四時起きで、糸魚川ヒスイ海岸を一緒に散策しましたがヒスイは見つかりませんでした。

帰り際に、「また会えたらいいなと」、過去にヒスイの原石を拾って自分で作った「勾玉」を二個くれました。せめてヒスイ一個でも拾えたらなと思っていましたが「まさか勾玉二個」とは本当にいい人に出会えたなと感謝でいっぱいです。

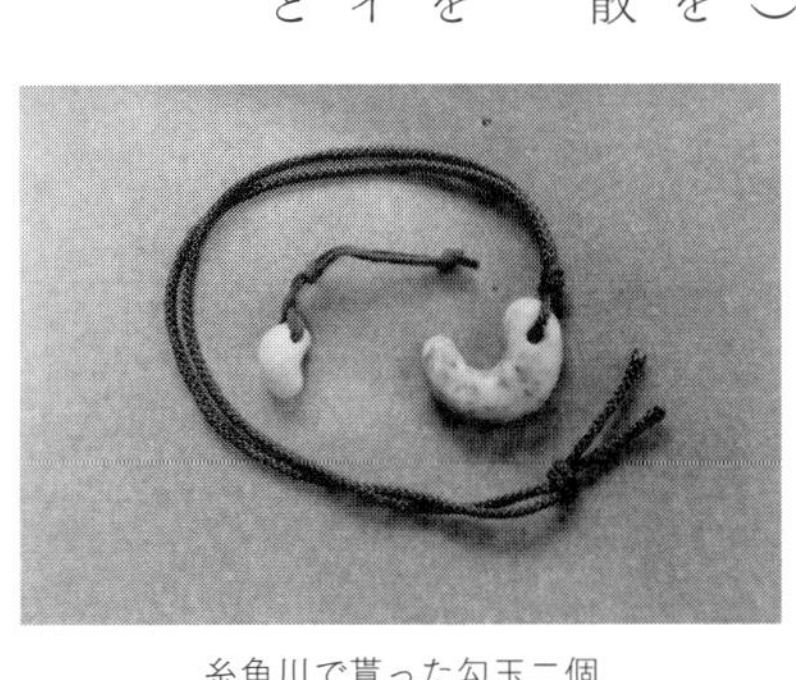

糸魚川で貰った勾玉二個

おばあちゃん

草津温泉への高速道、トンネルを出たとたんフロントガラスは真っ白、何も見えない瞬間パニック状態、雨かなワイパーをかけると次の瞬間、次のトンネルに入っていました。スピードも出ていたので、後、何秒、事故、命、危なかったなーと。土砂降りの草津で泊まりあくる朝は快晴。元湯近くの神社にお参り階段下る途中脇道におばあちゃんがひとり長椅子に座り毛糸巻きしていました。僕が挨拶すると、おばあちゃん（八十七歳）は毎年、神戸から七月八月九月は避暑に来ると言うことで、借りている部屋でお茶にと誘われましたが向かい合わせでそのまま長椅子にまたがり、僕は両腕を延ばし毛糸をかけおばあちゃんの毛糸巻きを手伝いました。別れ際に九十歳まで（後三年）は此処に来るから、近くに来たら寄りなさいと優しい言葉をもらいました。

昔、銀兄と一緒に宛てなしの旅で佐渡から直江津に渡り、高崎観音様にお参りしたことがありました。今、来て見ると全然違う、記憶もあてにはならないなぁと再発見しました。

高崎観音の下というか、近くに洞窟観音がありました。受付管理人と話すとある篤志家が浅間山の溶岩を運び個人資産観音像を造り始めたが、施主は完成待たずに亡くなったと聞きました。富岡製紙は時間切れ閉門。粘って話していたら事務所の人が来て入門させてくれました。門内近くから写真を撮り、その奥は黙目でしたが気持ちが嬉しく感謝、後は会社の外回りを撮影しました。

日光東照宮は外国人観光客でざわざわ、昇り竜下り竜・眠り猫・三猿（見ざる聞かざる言わざる）を撮って徳川家康様の墓地を撮影してから出ました。

会津若松城、白虎隊の飯盛山から裏道を帰ると、旧正宗寺三匝堂（さざえ堂）があり見学、木造らせん階段の六角堂は心柱も見られて、お堂全体が珍しく見応えがありました。

すぐ近くにある戸の口堰洞穴は、猪苗代湖側から白虎隊が会津若松城を目指し、自決した飯盛山へ通じる真っ暗で背丈が低い、水量が多く流れの速い水道（百五十ｍ）でした。

車中泊して夜明け前うっすらピンク色に染まった猪苗代湖に小型ボートが一隻浮かび、静かな夜明けでした。

十六水門（近くに金の橋あり）五色沼、福沢諭吉館と周り、茨木県の水戸偕楽園で会った水戸土木事務所の事務員さんに名所を聞いたら、大洗海岸と神社・牛久大仏「青銅製立像」（一二〇メートル）は世界一と勧められて見に行きました。

ひとまず

九十九里浜では海の監視員（大学生のアルバイト）数人と記念写真を撮る時に並ぶ向きを変えてと言ったら、「海に尻は向けられない」と言う、爽やかな若者に感心しました。

その頃家内の親友が突然亡くなったと家から連絡があり、急ぎ帰ることにしました。と言ってもせっかく来たのだからどうしても寄りたい場所を急ぎ旅、木更津から東京アクアラインで海上の橋を走り夢ホタルで写真（〇時〇一分撮影）を撮り、展望デッキから反対方向を見ると「エッ道がない」駐車場に下りると道路標示が分かりにくくて（神奈川、横浜方面）木更津の反対方面へ走りました。すると神奈川、横浜方面は四角い海底トンネルになっていました。ビックリです。

鎌倉大仏には午前二時頃到着、大仏は外からでも見られると勝手に思っていましたが門内にあり見られず、出会った単車少年達（男五人女の子一人）とだべって男の子一人が僕の帽子を気に入っていたのでプレゼント、車の前に並んでもらいヘッドライトを照らし記念撮影しました。

それから走り小田原城下へ着いた時はまだ暗かったので駐車場で仮眠、翌朝小田原城入り口に二宮尊徳神社がありお参りしてから小田原城へ行きました。

若い時、司馬遼太郎の「箱根の坂」を読んでいたので伊勢新九郎（北条早雲）のファンになり、韮山城跡へ一度訪ねてみたいと思っていましたが今回は小田原城にしました。そのあと、箱根マラソンの急坂はどんなんかなーとドライブしてから、日本一の富士山に向かいました。

来てみると、晴天の富士のお山には一点の雲もなくすそ野は広いなあと、頂上に珍しい突発型の噴火雲（見た感じ）が出ていたのを撮って帰りました。

初めての北海道、陸奥から関東への旅はなんの下調べもなしに自然な出会いを求めての、無駄走り居眠り（三回接触）もありましたが無事走行、旅の終わりまで気持ちが途切れることなく楽しく充実した旅でした。

二〇一八年（平成三十年）七月十五日、今回の旅はひとまず無事に終わりました。

四国　四万十川

二〇一八年（平成）九月八日から四国一周の旅に出ました。

明石大橋を渡り淡路島に着いた頃から雨が降りだし、一般道を走りましたが気に入った被写体もなく、昼過ぎには大鳴門橋の下に来ていました。

土砂降りの中、鳴門大橋は雨にけむり、小さな桟橋に漁船が四隻つながれていました。

四国にわたりあくる日朝一番に金毘羅参りに行きましたが、残り雨に石段はにぶく光り滑りやすくなっていました。昔来た時は上り下りの石段がしんどいなと記憶に残っていましたが、今回は不思議と石段の数も上り下り坂も全然苦になりませんでした。

その日は祖谷のホテルで泊まり、翌朝、窓から見える霧に囲まれた山村が過ぎし日にテレビで見た風景を思い出しシャッターを切りました。

その後雨は土砂降り、かずら橋に行きましたが通行止め、観光客もいなく写真を撮るにはラッキー、祖谷のかずら橋は雨に濡れて黒く光り眼下の川は濁流でした。

次の日は快晴、高知城を見学して二十五歳の時に一人旅で来た時と同じコース、大きく深呼吸をして坂本竜馬像をバックに自分の記念写真を撮りました。

今回来てみて、日本列島で太平洋を眺めるにはやっぱり桂浜が一番だなーと、何となく別格の明るく大きな青い空と海を感じました。

そのまま気分よく四万十川に向かいました。四万十川は最後の清流と言われ沈下橋は支流も含めると四十七本あるそうですが、本流、最下流の佐田沈下橋から上流の勝間沈下橋等を通過し、岩間沈下橋には三山ひろしの歌「四万十川」の歌詞を書いた一枚板の看板があり、岩間の沈下橋は一部が壊れ元と同じ様に戻さなければならず、復旧はまだ少し先になると聞きました。ところどころ、沈下橋のたもとには朝顔や芙蓉の花が咲いていていました。

その日は近くの道の駅に車中泊、夜が明けて次の沈下橋に行く途中三島キャンプ場があり、四万十川を見下ろす畑でひとりのおばあちゃんが雑草を手で抜き燃やしながら野良仕事をしていたので声をかけてしばし雑談、写真を撮らせてもらいました。また道中、出会った漁師さんに落ち鮎の漁はいつ頃かを問うと十月初旬という、大きさは三十センチに（ゴクリ）ぜひ一度は鮎の塩焼きを生ビールで一杯やりたいなと。

昼過ぎて四万十川最古の一斗俵沈下橋に着きました。（建設・昭和十年代・登録有形文化財）。着いた時から小雨が降っていましたが急に土砂降り、写真を撮り終えて足摺岬へ（椿のトンネル）三十八番札所金剛福寺へ向かいました。

剣　山

翌日は宇和島城から松山城を見学して愛媛県新居浜で車中泊しました。

翌朝一番で天空の歴史遺産、マイントピア別子東平ゾーンには「東洋のマチュピチュ」という看板にあるとおり、道中四十七号線の谷間に架かるループ橋、絵になるなあーと一枚パチリ。八時前に到着して写真を撮り始めると、谷底から突然霧が湧きあがりマチュピチュはあっという間朝霧に包まれ、幻想的な雰囲気にひたりながら色々な角度から写真を撮り、来る道中の脇道は細いので観光客の来る前に終えてあとは、別子銅山を見学傍にあった砂金採りの初体験も楽しかったです。

室戸岬の青い海、白い波は大きくタービダイト層の岩に砕け散り男の風景でした。中岡慎太郎の銅像を見て、海岸沿いに歩くとアコウの大木、大岩を抱いた根に生命のたくましさを感じました。またしばらく走ると、廃校を利用の「室戸廃校水族館」開設、ウミガメも魚達もタコ（就寝中）、目の前で泳ぐ姿をみて身近に感じました。

四国霊場第二十一番札所舎心山常住院大龍寺（西の高野）は全山霧に包まれお参りするにはロープウェイで山上に向かい、途中、森の中には空海像と五匹の狼像がありました。

剣山へ（千九五十五メートル）も登りました。剣山中腹に駐車場があり、近くの見ノ越駅からリフト（八百三十メートル）で西島駅へ、そこからは登山道、冬山の厳しさなのか個性的な立ち枯れの大木がここかしこ、写欲をかきたてられシャッターを切りまくりました。

道中には、名も知らない紫色の花や桔梗が咲き、ハイキングの気分。

この日は快晴、頂上から連山へ登山コース展望台から三百六十度、眺めは文句なし超ハッピーでした。

その帰り先日は祖谷のかずら橋へは行きましたが、その近くの祖谷渓には小便小僧の像があると後で聞き後悔したくないので立ち寄りました。二百メートルの高さから谷底へ向けてのおしっこ（男の子の願望）は、さぞ気持ちいいだろうなーと。

四国最終日は朝早く出発、八幡浜から佐多岬への道中を走っていたら突然「海の歌」が聞こえてきました。道路に仕掛けがあり、反対車線では「ミカンの歌」が流れると聞きました。

今日は宇和島市の三崎港から九州の佐賀関へ渡る予定、フェリー便の出発時間に少し余裕があったので佐田岬の先端まで車をとばしました。

岬には岩盤をくりぬいた洞窟式砲台跡が二股で残ってあり、大砲二門のレプリカがおいてありましたが、実戦では一度も使われたことはなかったそうです。

宇和島市三崎港十時三十分発～大分県佐賀関十一時四十分着、フェリー「速なみ」に乗船。

九州　知覧

九月十七日定刻に佐賀関に到着、そのまま熊本県の阿蘇連山の中岳に向かいました。

阿蘇山に近づくにつれて、二〇一六年（平成二十八年）四月十四日の熊本地震の影響なのか凄い山崩れの風景が目立ちはじめ、イメージはまるでゴジラの爪痕を恐想させるほどでした。それでも放し飼いの馬たちは、ゆうゆうと草を食べながら散歩していました。

中岳は相変わらず噴煙がもくもくと上がり、ロープウェイや建物は過去に噴火した落石で壊れたかどれもボロボロでした。かつて四十五年前に新婚旅行で来た時の面影はまるでありませんでした。

あくる日は、昔一人旅で来たことのある三角港へ、近くに「明治日本の産業革命遺産」の建物が数軒あったので見学していたら、広く根を張った見事なアコウの古木の根がまるで手編みして飾ったように素晴らしくアート的、凄いなあーと。続いて天草では殉教者天草四郎像と記念館へ、江戸時代の隠れキリシタンからのものといわれる埼津カトリック教会と大江天主堂を見学しました。静かなどこかひっそりとした感じを受けました。

まなびの丘には熊本環境センター（水俣病資料館・水俣病情報センター）があり、広くて立派な公園が整備されていました。水俣病へ配慮への一部かなと思いました。

知覧・知覧・知覧・ああ散る乱。そこには青空の下、初等練習機と飛行服姿の凛々しい特攻青年の立像がありました。

空には幾筋もの飛行機雲が交差して走り、まるで戦時中にタイムスリップしたような感じが印象的でした。

屋外や館内の展示物を見ていると、言葉もでて来ないし、人と話すこともできない、ただ黙って見て感じて、静かに帰るだけだと思いました。

薩摩富士（開聞岳）が見えてきました。

夕方、海岸線を行くと湯けむりが見え寄ると砂風呂がありました。初めての砂風呂を体験。浴衣着で寝て上から砂をかぶせられた感想は「重いなぁー」。その後、近くの道の駅で車中泊。翌朝目覚めると小雨降る西方向はピンク色、大きな虹がかかり消えると今度は東方向に真っ赤な朝焼け、それが消えると土砂降り、次から次へと移り変わるドラマみたいな景色に感動、寝起きのままシャッターを切りつづけていましたが、完全に目が覚めました。

鍋滝

指宿から鹿児島へ、対岸に見える霧のかかった桜島を一枚撮り、鹿児島湾沿いに走り桜島に向かいました。海沿いの足湯で小休止、桜島大噴火（大正三年）折には三メートルの鳥居が埋没、それを見てからの道中には、桜島からの溶岩流を防ぐ防災堤防や噴火の退避壕などがあり、有村溶岩展望所では桜島の誕生の説明版や溶岩見学の道なども整備されていました。

鵜戸神宮へ向かう峠では道路下の土手に彼岸花の群生を見つけて撮影していると、お巡りさんが来て「何をしていますか」、カメラをみせて話が弾み、後で聞くと僕は不審者でした。

鵜戸神宮は日本民族祖神誕生の聖地。海岸線には、青島の鬼の洗濯岩に負けない岩礁が続いており、神社の朱、空の青、紺碧の海の抜群のコントラストに「美観」の一言でした。

そして、高千穂峡の七ツ滝、天岩戸神社、天岩戸、天安河原宮、時間をかけてゆっくり見学。

しかし観光客の多さに、天孫降臨の地もイメージダウン、神聖さも形なしです。

翌朝は快晴、九重高原の風は心地よく外国と比べるつもりはありませんが、この大地、この広さ、目線が届く奥行き、この度の旅道中でレンズを通して見る日本の風景は本当に素晴らしいと勝手に思いながら感動の日々。明日も明後日も、出合いを求め前のめりです。

走行中峠で見つけた小さな「ゆたか温泉」では自販機が設置してあり（入浴料四百円）ひとり湯でゆっくり浸かり骨休み。仮眠し次の目的地大分県の血の池地獄、竜巻地獄へ行き観光写真を撮りました。

次は大宰府天満宮への道中に「鍋滝」の看板、変な名前に惹かれて立ち寄ると、「どひゃーん」、素晴らしい水のカーテン、滝の裏側は岩盤のトンネル、ワァーワァー大きな声、見ると若者が水浴び。上がってきたので声掛けると寒さで歯はガチガチ、ちんこも縮んでるやろ、「パンツ脱いで見せろ」に若者の仲間達も大笑い、昔の自分を見ているようでした。

道すがら「鯛生金山」の看板を見てそこにも寄ってみました。金の採掘坑道にある夫婦鯛、太閤秀吉像の金張り、作業するレプリカの女性が色っぽ過ぎておもわずニンマリ。

道中物見遊山しながら大宰府天満宮へ行きました。シンボルの牛の像や大きな楠の古木が何本もあり歴史の古さを感じました。

唐津城を経て、昔（二十五歳の時）見残した虹の松原に行きました。防風林の役目は充分に果たせる立派な松林でした。翌朝は鏡山から虹ノ松原を遠望すると立派なグリーンベルトでした。山上には神功皇后跡の石碑があり、又、日本三大悲恋物語「松浦佐用姫」の原寸大以上の立派な佐用姫の立像が印象的でした。

関門海峡

秘窯の里「伊万里焼き」を訪ねました。大川内山は塩岩、屏風岩、とんご岩等の山並みに囲まれた景観の素晴らしい場所にありました。

朝鮮出兵した秀吉の死後、一緒に日本へ引き上げた人達の中に朝鮮人の陶工李三平（金ヶ江三兵衛）がいて磁器の技術も伝来させたそうです。

長崎では平和公園、大浦天主堂、浦上天主堂を周り、長崎ではグラバー邸と言えば坂本竜馬、竜馬の海援隊、竜馬は船を使い行動範囲が凄いのに感心しますが、船から降りればとんでもない健脚を生かし、昼も夜も関係なく走り歩く。目的にまっしぐら。熱い情熱、燃えるマグマ、青春とは走る事かなと思わせるほど。いまだにあこがれます。

二〇一八年（平成三十年）九月二十五日九州旅の最後は、吉野ヶ里遺跡公園、竪穴集落（弥生時代後期）がいくつも復元され生活環境も整えられて、集落の周りには堀も巡らせ、太い逆茂木の柵で囲んで見張り台もありました。

そして今季節は彼岸の中日、時を同じくして真っ赤な彼岸花が咲きみだれ、畑には紅白の蕎麦の花も満開でした。

昼前に入園しましたが、真っ青な空には程よい大きさの白い雲が浮かびゆっくり流れている。僕は弥生時代に思いをはせてとにかくシャッターを切り続けました。

時計を見ると午後三時過ぎ、心身共に疲れ、未練はありましたが吉野ヶ里遺跡を見残し、再来望を楽しみにその日は早めに旅館に入りました。

翌朝はゆっくり起きて出発、九州を離れる前に門司港のパーキングに寄り関門大橋を下から眺め一息ついてから下関に渡りました。

北九州門司と山口県下関をつなぐ関門大橋（千六十八メートル）は一九七三年（昭和四十八年）完成。

九月二十六日午前九時三十分、僕は九州門司からから山口県下関へ渡りました。

長門へ

九月二十六日関門海峡を渡り、山口県は中学卒業後も何度か帰省して周防方面へは足をのばしたことがありましたが、山陰方面はあまり行った事がなかったことから今回は長門方面の角島大橋へまわることにしました。

この日は天気もよく、海もきれいなエメラルドグリーンの中に角島大橋は優雅な曲線を描いて角島方面へ伸びていました。

車でサーッと通り過ぎるだけではもったいないなと、しかし歩く勇気もないし自転車があれば潮風に吹かれて、さぞ気持ちいいだろうなと思いながら結局は車で走り抜けました。

その後、青い海に赤い鳥居が似合う元乃隅神社にも行きました。入口にある赤い鳥居の名札の裏に投げ銭のさい銭箱があり若者たちと競って僕も投げ入れました。

まだまだ若い者には「エッヘン」負けませんでした。

少し仮眠してからみすず公園に行きました。小高い丘の斜面に遊歩道があり幾つかの石碑に金子みすずの詩が刻んでありました。丘の上から眺めると公園のデザインは見える景色全てを両手広げて包み込むような、V字型の見事な借景公園でグッドでした。

昼はとっくに過ぎていて、お腹が空いたので食堂を探しに長門市駅前に行くと居酒屋さんらしい、やき鳥「こうもり」が営業していました。若い漁師たちの朝の漁がおわったあとの溜まり場のようで店の雰囲気もよく、隣の席の初対面のお客さんが言うには店長おすすめが美味しいというので注文しビールの小を一杯だけ飲んで店を出ました。

萩の城下町では昔、修学旅行で来たときに見た武家屋敷の塀越しの夏ミカンを思い出しました。萩城の石垣は斜光線の陰影を堀に写し傍には季節遅れの萩がひとかたまり満開でした。次は吉田松陰と思ったら時間切れ（五時、）又、受付の娘さんに無理にお願いして、松下村塾、松陰神社、境内を急ぎ足で周り写真を撮って戻り、お礼を言って表に出ると、赤黒い夕焼けが眼前に広がって、まるで吉田松陰の心情を現しているような気分になりました。

「身はたとえ武蔵の野辺にくちぬとも留めおかまし大和魂」

前日地元の人に勧められた太鼓谷稲成神社にも行きました。朝一番なので参拝客もなく朱色の派手な立派な神社が真っ白な霧に包まれて粋なグラデーションを醸し出していました。

らすと

その後津和野の城下町へ、白壁と鯉の町へ行くと鯉は色とりどりぶくぶく太って、それぞれグループに分かれ流れに沿って適度に水泳を楽しんでいました。

続いて津和野駅傍に展示してある蒸気機関車（Ｄ５１１９４）に乗って見て撮ってから安野光雅美術館を見て津和野を離れました。

津和野を出たのは朝九時頃でしたが、一般道を走り写真を撮りながら走りましたので鳥取砂丘に着いたのは午後四時前でした。

砂丘へは過去に家族や会社、友人、グループなどで何回か来たことがありましたが、何度来ても飽きさせない何かがあります。

今回は、若者四人がサーフボードで砂丘を滑り下りる練習をしていたので声かけて撮らせてもらいました。

砂丘も海も陽が沈む前のひととき、色とりどりの綺麗な輝きを見せてくれます。

被写体を変えて色々撮っているうちに陽も落ち夕焼けの海をバックに外人のカップルが、訳ありそうな一人旅の女性も、記念写真を撮っていたのでシルエットにして又撮りしました。

すっかり夕暮れて、今朝は早くから起きて車で走りすぎたこともあってドッと疲れが出て、道の駅に行き車中泊しました。

翌朝道の駅で目覚めたら小雨のなかに大きな虹が出ていました。寝起きの恰好そのままに車から飛び出し虹を撮りました。今日は旅の最終日です、天からのラストプレゼント、素晴らしい贈り物に感激しました。

ここまで帰ってきたら一安心、寄り道して「夢千代日記」の湯村温泉にも立ち寄ってみました。湯村温泉に来たのは三度目ですが、あいかわらずの控えめな湯けむりがたなびき川沿いの遊歩道には足湯も整備されていました。まだ朝早く、宿泊客も数人が散歩しているだけで、昔ながらの風情を残す程よい湯村温泉は大好きな温泉のひとつです。

帰り道丹波への峠道では展望が開け、連山に帯状の霧が二段で流れていました。名物の霧丹波に感動、旅の終わりにふさわしい贈り物として、納得ずくめのカメラ終いでした。

看板

島根県が僕を呼んでくれている気がして、十月二十二日から二十五日にかけて又、島根県に行きました。十月二十四日、以前から温泉津商店街にある一軒のお店の表に韓国語の看板が掲げてあるのが気になっていました。今回で五度目の訪問でした。

前回二度は留守、二度はおばあちゃんに何を聞いても知らないとの返事、今回やっと店主に会えて僕がルーツをたどる訳を話し聞いてもらえました。韓国語の看板は店主（日本の人？）の息子さんが韓国へ陶芸の勉強へ行く時掲げたままになっているとの話でした。

温泉津は石見銀山から銀の出荷港で温泉町としても栄え、陶器は一七〇四年（大和川の付け替え）以来の伝統の登り窯「三十m、二十m十段」が（日本最大級）があります。

店は仕出し屋さんなので地域の情報に詳しく、アドバイスをもらうと岩見福光で活動している、婦人会の会長さんがよいのではと居所を教えてもらいました。

その後石見福光駅前の元乾物屋さんを訪ねて婦人会の会長さんのことを聞きました。聞くとその方はもう亡くなっているかも知れないと言われましたが、諦めきれず仕出し屋さんに教えてもらったとおり石見福光駅の裏側に行くと、そのまま日本海に出ました。

その日は天気もよく、青い海白い波、美しい海岸線に惹かれて写真を撮っていると、一枚の看板が目に入りました。見ると福光釜野の生まれ松浦屋与兵衛と「イモ窯」の案内でした。

看板を読むと第十九代代官井戸平左衛門が飢饉対策で薩摩から苦心してイモを手に入れ、海辺の村に配って作らせたらたくさんのイモが出来たそうです。しかし保存の方法を知らないのでイモが腐り、すると松浦与兵衛さんは穴を掘って穴倉に種芋を保存していたのでイモは腐らず、そこで皆さんに感謝されて「イモ窯」と言うようになり、石見地方の農家にはほとんどこのイモ窯があったそうです。（福波地区歴史・文化・景観研究会）写真を撮り終えて海岸線を戻ると浜辺に一軒の会館があり、車から荷物を下ろす年配の女性に出会って聞くと偶然にも僕の尋ね人でした。忙しい中、親身に聞いて頂き、昔、在日の人達が住んで居た場所へも案内して頂きその他のことも丁寧に話して頂きました。

そのとき、十一月三日には大阪上六の都ホテルで「岩見福光、温泉津ふるさと会」があると聞いて是非参加しますと話し、案内状を自宅に送ってもらう事にしました。

あと十日後の予定への、かすかなルーツの希望を胸に用事を済ませて二十五日に無事我が家に帰りました。

八重山諸島

十月二十八日には、大阪伊丹空港九時十分発、那覇空港〜石垣空港へ、西表島、由布島、竹富島へ二泊三日の旅でした。八重山諸島へは僕の日本一周の旅に合わせて写研ポラリスの仲間が撮影旅行を企画してくれ、一緒に行きました。

沖縄・石垣への旅の初日は、石垣空港からレンタカーで川平湾〜展望台〜グラスボートに乗り遊覧海中見物、それから観音崎〜観音崎灯台をまわり、ホテルグランビュー石垣で宿泊。

二日目は、西表島の大原港から由布島の牛車乗り場に行き、やっと憧れの牛車に乗り揺られて島内散策、次は大原港より高速艇で石垣島離島ターミナルへ、これは四十分間のスピードが凄かったです。船は少し小さめでバンバン飛ばす、ターンターンと跳ねる、揺れる船の最後尾から巻き上がるしぶきを高速シャッターで撮り気分はウハウハでした。

続いて竹富島では水牛車で島内観光のあと、自転車でまた観光散策して石垣島の同ホテル宿泊。最終日はホテルチェックアウト後レンタカーで平久保岬灯台、玉取埼展望台へ、壮大なサンゴ環礁、磯のパノラマビューを撮影してのばれ岬観光農園で、ジ、エンド。石垣空港へと向かいました。

八重山諸島で二日三日の撮影会は空、白、青、海、緑、船、牛車、灯台、星の砂、シーサー、サンゴ環礁、ハイビスカス、ブーゲンビリア等以外も名も知らない花や植物が多くて、諸々の場所も含めて全てが新鮮で感動の連続でした。夜食は地元の居酒屋で楽しく飲んで美味しく食べ笑い、今回の旅を企画しスケジュール表（旅行会社顔負け）を作り付き合ってくれた写研ポラリスの仲間達に感謝、大満足の旅でした。

ふるさと会

十一月三日は大阪上六の都ホテルで十一時から「温泉津ふるさと会」でした。受付には、今回のふるさと会を紹介してくださった石見福光、和の会代表山形百合子さんが連絡してくださっていた、ふるさと会の元会長野村栄吉さんが待っていてくださいました。

ふるさと会は二年に一回の開催で今年は十五回目でした。二百人近い人たちで待ち時間には直木賞作家、難波利三さん（島根県温泉津出身）、舞台ではバンド付きの歌手と石見神楽演目三代（大蛇・恵比寿・塵輪）があって、時間の過ぎるのを忘れるほどでした。

初めて会う野村栄吉さんはパーティの合間に何度も気を使って声をかけてくれました。

僕のルーツ探し、最後の最後に山形百合子さんと野村栄吉さんに会えたこと、ふるさと会を知ったことで、ルーツ探しはもうわからなくてもいいかと思うようになりました。

雪見旅

日本一周の旅を終えてから、前回の旅は初夏でしたので今回はどうしても陸奥と北海道の雪が見たくなり、家内に話し我が儘を聞いてもらいました。

十一月十日朝、大阪を出発、岐阜県奥穂高に昼過ぎに着き、奥穂高ロープウェイに乗ると全山霧に包まれてこれでは何も見えないと思っていると、下山する頃には霧も少なく視界も開けてきました。

紅葉はもう終わったと思っていたのにカラマツ・ナラ、クヌギ・紅葉はまだ残りラッキーと思いましたが、雪と紅葉のセットのはずの霜がなく雪も降らない。少し残念でした。

昨夜の宿で勧められた飛騨の里へ、入園すると池には鴨が数羽、茅葺屋根の合掌造りもあり紅葉に柿の実も色付き、ここでは霧も湧いて素晴らしいロケーションでした。

富山県の宇奈月へも行きました。紅葉の中に赤い鉄橋の二重橋、眼下を流れる清流、ダム湖にトンネルの遊歩道もあり写欲をそそられました。撮影後、少し疲れ気味なので早めに旅館に入りました。

翌朝疲れもとれて気持ちよく出発、昼前に新潟の弥彦神社へ着いて参拝、菊祭りの催しで参道は見物や参拝客（外国の観光客も多く）で賑わっていました。

ロープウェイの麓に紅葉もありましたが、登ると晩秋も過ぎてすでに初冬の雰囲気、でも雪はまだ遠し、そのまま雪を求めて日本海を北上、海岸通りの風車や朽ちた番屋などを撮影、笹川流れの落日前に寄ると奇岩のシルエットが目にとまり、波のかがやきにも「オーワンダフル」。

次の朝、海に虹がかかるのを見て大急ぎで駐車スペースを探している間に、消えかかった薄い虹をカメラに収めることができました。

十和田湖へ行く道中では、稲を刈り取った泥田に白鳥たちが横一列に並び朝食、落ち穂拾いをしていました。食後の白鳥グループは朝光に照らされダンスをしていました。

その日は快晴、すすき野や残り紅葉の中に緑の三角帽子の杉木立などがあり、十和田湖へ着くと今度は紅葉の散った冬木立、湖には青空と白い雲が映えて天地が同じ景色でした。

午後二時頃奥入瀬渓谷にはいりました。六月に来たときとは全く別世界、斜光線に川は白く、反射光は虹色、木立の影は縞模様、水模様にそれぞれ面白く楽しんで撮影しました。

その後地元の人達に聞くと近年雪は遅れて来るという、もう我慢できない。大間から函館へ北海道へ真っ直ぐ雪を迎えに行くことにしました。

十一月十五日、津軽フェリー大間七時発〜函館八時三十分着で北海道へ渡りました。

冬景色

函館へ着いても雪は駒ヶ岳の頂上に薄っすらあるだけ平地に雪はなく、しばらく走り、黄紅葉と、次々と角度が変わる駒ヶ岳を撮影しました。

美瑛では青い池の枯れ木には樹氷、近くの望岳台では雪の薄化粧、美しい丘の冬木立、畝には白線を引いたような雪ライン、朝日に照らされ黄金色に輝く霜景色、勝手につぶやくええわーええわーの独り言を連発。雪を求めて道央へ来たのです。

大雪山に行くと銀河の滝は氷結、流星の滝は山上が凍結していました。

天気予報で留萌方面に雪情報、日本海沿いに稚内方面に向けて走り行ってみると雪がない、そのまま峠越えしてオホーツク海方面に行きました。

道中の海辺には見るからに今回も異景なソーラパネルに気をとられ思わずパチリ、牧草地にサイロや牧舎、ヒマラヤ杉の防風林、木の先に黄葉残る白樺、真っ黒な肥沃の大地に収穫した山済みのジャガイモ、草紅葉ゆれる湿地帯、遠くの山並みに雪。やっと晩秋から初冬の雰囲気になってきました。屈斜路湖で波間にプカプカ浮かぶオオハクチョウの写真を撮り、美幌峠に行くと山上の低木に樹氷がありました。

そのまま摩周湖へ着くと霧はなく快晴、近くのホテルに宿泊、雪情報があって翌朝早く三度目の摩周湖へ、前日と変わらず遠くの山上に雪はありましたが、ここではついに三顧の礼「霧の摩周湖は幻」に終わりました。阿寒湖では急にドカ雪でもアイヌコタンは小雪が舞っていました。オンネトーでは北海道へ来て初めて雪深く、森の小道に車の通った形跡もなく、純白の雪深く不安な気持ちとルンルン気分、胸はドキドキでしたが無事撮影を終え本線に戻れました。

また雪を求めて太平洋側への峠越えは全山樹氷、すれ違う車もなく好き放題一旦停止を繰り返し撮影に夢中、中々先に進めません。また西陽が真正面にあり、濡れた道路からの反射光が眩しく前が見えない状態でしたがそれでもシャッターは切りました。

しばらく走ると目の前が真っ黄色、雪降る中にトラクターや耕運機で畝を作り多人数で横一列に並びヒマラヤスギの苗木を植えているのに出会いました。

トラクターに乗っていた責任者らしい人にお願いして、写真を撮らせてもらいました。

峠を越えて、太平洋にでると波高く干した昆布は風雪にさらされていましたが、夕暮れ時は止み真っ黒な雲間に陽が射し空と海が真っ赤に焼けました。

雪景色

浦河町から日高町へ、雪景色の中に牧場がありました。寄ると丁度牧場主が居て旅の話から牧場経営まで話が弾み、雪の中に放たれた若駒は元気いっぱい走り回っていました。撮影は自由にと了解を得、「休憩所でゆっくり休んで」の言葉も嬉しかったです。

山越えすると雪山、雪の湖畔、雪の川、雪煙の山里、そして又、雪の美瑛へ、やっと北海道の雪景色に巡り合いました。

美瑛で泊まり早朝又、「青い池」に行きました。枯れ木に樹氷、湖面は完全凍結、三回訪ねましたが三様の表情を見せてくれ素晴らしかったです。

その後はいつものコース、近くの望岳台は雪深く膝まで埋もれましたが、雪質はさらさらしていたので軽く歩けました。道路わきの林は雪をかぶり完璧な雪景色、また車の通行量が少ないのでスピード、ブレーキ、スリップ等、雪道の坂道で走行練習もできました。

富良野を通って苫小牧では海岸線を走り、オロフレ峠は凍結していて樹氷もあり、近辺の農地に雪は残り、夕陽の斜光線は畑の畝を浮かび上がらせ、羊蹄山も見え隠れ十一月二十六日の夕方、洞爺湖から岩内へ走行中、羊蹄山（蝦夷富士）が夕陽に照らされてまさに朱色の「赤富士」を撮りました。

翌朝、積丹半島は「天気晴朗なれども波高し」、漁船は波間に見え隠れ、海岸に風車は並び、奇岩、白波は風にあおられて飛び散っていました。

北海道を離れる前に札幌の時計台（三十年前の慰安旅行）をもう一度見たくて寄って写真を撮りました。長万部から函館へ向かう途中、駒ヶ岳辺りで横道に入ると、「サプライズ」急にどか雪が降り始めました。

慌ててここそこにある被写体になるものを探し、シャッターをきりました。何とか撮り終えてさぁ～函館へと思い、緩い下り坂をフルスピード、ピカッ、バシャン、アッ、カメラ。

昨夜は、函館に泊まり早朝から、真白な雪の函館ハリスト正教会、函館聖ヨハネ教会、カトリック元町教会を撮影、雪の金森の赤レンガ倉庫を撮り終えて北海道を離れることにしました。

十一月三十日、津軽フェリー～函館九時三十分発～大間十一時着、雪の駒ヶ岳に見送ってもらいました。

通行止め

前回は、大間から津軽海峡を仏ヶ浦へ行ったので、今回は太平洋側を目指し大間岬へ行きました。大間岬には活きのいいマグロと漁師の力こぶのモニュメント、向かいに弁天島があり、カメラを持ってぶらぶらしていたら、漁師のお爺ちゃんが話しかけてきて、「ちょっと待っときや」と言って家に帰りバケツを下げて出てきました。すると、カモメがワーッと集まってきたので夢中でシャッターを切り、あとで話を聞くと、毎朝餌をやっているので、バケツを見ると群がる、ここは「カモメ天国」カモメのお爺ちゃんでした。

その後、冬の恐山へ（前回は夏）、どうしても行きたくてナビで見つけた一本道を今回は反対方向、むつ市大畑中学校方面からの林道を行きました。入って行くと雪が降りだし、途中トラックに材木を積んでいる作業場がありました。

運転手（おばさん）さんに恐山に行けますかと尋ねると、少し黙ったあと行けることは行けるけど無理はしないでダメと思ったらすぐ引き返して下さいと言われ、林道を進むと通行止めのロープがあり、ほどけないのでカッターで切って通り過ぎて結び直し、進むと今度はテープとロープの二重の通行止め、これは「やばいかなー」と車を止めて様子を見に行くと道路が崖側（左下は川）に三分の一ほど崩れ落ちていました。

目測と歩幅で計り、車を思い切り山側に寄せて何とか通行できると判断。車は車高が低いので石を巻き込んでガラガラと音がして通り過ぎ、又、二重の通行止めのテープとロープがありましたが、切っては結びなおし何とか無事に通過。

そこから恐山までまだ残り十キロ弱ありましたが、しばらく行くと川から硫黄の匂いがしてきたので恐山は近いなと安心して写真を撮り始め、恐山に着くと車が一台もない、観光地だから年中無休と思っていただけに何でかなあーと思っていました。

全山雪景色、門が閉まっていて入れず、全て忘れて写真を撮っていたら男の人が出てきて、「何処から入って来た」と言われて、説明すると帰りもいま来た道を戻れと言う。この人達は来年三月までの山守りで、後は自分で責任をもちますから、外部とつながる電話番号を教えて下さいと頼み、電話口に出てくれた人に説明して本線の通行止めのゲート開けてもらいました。

恐山は、夏に来た時は宿坊で泊まり住職ともいろいろ話し、冬場は十一月から入山禁止を聞いたような気がしていましたが、今やっと思い出しました。

雪の奥入瀬

奥入瀬を目指す道中で、稲刈りの済んだ雪の田んぼに藁のロールがいくつもバランスよく転がしてあり、期待していた風景に出会えてラッキーでした。

今回は奥入瀬にも雪があり、木々にも雪が乗り高い梢からも雪が降り注ぎ、写真を撮っている頭の上から幾度となく、小雪シャワーを浴びたような感がありました。

撮影していいて、日暮れてくると川の色はだんだんとグレーからブラックになり、霧か小雪か周り全てが白く霞んで、散りそびれた一枝の黄紅葉だけがやけに目立っていました。

その夜は十和田湖のホテルに泊まり、明くる朝は奥入瀬を素通りするつもりでしたが、立ち木の間から斜光、川面は色鮮やかな黄金色に染まり木々の影も映り、となるとまた足止めされて三度目の奥入瀬、写真を撮る嬉しい羽目になりました。

奥入瀬を抜けると快晴、八甲田山へ向かいました。ブナ林の梢は霧氷、天青く地は白く林の影が斜光に伸び縞模様の景色に快感。また一点の雲もなく真っ青な空の下、雪の八甲田連邦を遠めに眺め、映画「八甲田山」と景色は真逆、説明できない感動がありました。

気持ちを切り替えて、桜の弘前城は有名ですが初冬は（十二月二日）どんな風景かなと行ってみました。日陰に残雪、堀には薄氷と散り紅葉、思ったよりお城はこじんまり、ひときわ派手な残り紅葉が数か所、真っ赤な春日橋が西日に映えていました。しかし、お城を見て違和感があるので聞くと、今は城を七十m移動して百年ぶりの修理中、ならば今しか撮れない岩木山をバックに弘前城をパチリ。お城を出て道なりに走るとリンゴ畑があり、作業している同年くらいの男の人に声かけ写真を撮らせてもらいました。

写真を撮り終えてお礼を言うと、いつの間にかリンゴ赤四個と黄緑三個が車の助手席に置いてありました。「気を付けて旅を」の送り言葉、お土産、笑顔に胸が熱くなりました。

今回の冬旅は全て宿泊りが家族の条件付きでした。いつも午後三時ごろ当日の宿泊所を楽天トラベルで探し、今夜は素泊まりケンジの宿でした。外食で新花巻駅に前行くと食事のできる店は一軒だけでした。

翌日、さて何処に行こうかなと宿の人に聞いたら、「宮沢賢治記念館」を勧められて始めて宿の名前になる程と納得、又近くに「花巻博物館」と「花巻新渡戸記念館」があり、新幹線の駅もあるというのに昨夕の駅周辺はうす暗くこのありさまには何故と、またこれが地方の特徴なのかもと思いました。

名所三昧

朝一番に「宮沢賢治記念館」へ行きました。ゆっくり見て回ると名前は知っているけど宮沢賢治その人のことは本当に何も知らないなと思いながら、孫の土産に小冊子五冊を買いました。

僕の後から入場した四人組のお姉さんたちが会場でよく喋るので、うるさいなあと思って大阪の人ですかと聞いたら、あんたも大阪かと聞かれ同じ大阪人に大笑いして、時間待ちに喫茶室でコーヒーを一緒に飲み、記念写真を撮って送り先の住所を聞いて別れ、そのまま近くの「花巻新渡戸記念館」へ行きました。新渡戸稲造さんの内容はもっと知らず高校生の孫に原本らしい一冊、僕は簡単な武士道の一冊を買いました。夏に来た中尊寺は、後で振り返ると何か見残したような気がして、今回来てみるとまだ紅葉が数か所、綺麗な残り紅葉を撮り、二度来ると見方も撮った写真も違うなとあらためて感じました。

前回と同じく「毛越寺伽藍」へ行き、ここも二度目でしたが落ち着きました。次は日本海に行こうと思い峠道を行くと湯田ダム・錦秋湖がありました。風強く湖面は波立ち、ダム湖に突き出た細い浅瀬が長短形も色々あり、その浅瀬に残る立ち木や枯草の間を風に押し流された波が通り抜け、素晴らしい景色に無我夢中、シャッターを切っていました。

ここでも前回、夏に来た時の鳥海山は霧に包まれ何も見えなかったのでリベンジ、雪化粧の鳥海山をしっかり撮りました。

その後、荒れた日本海を撮りながら出羽三山に向かう道中では、田んぼには白鳥の大群が群れていたのでカメラを向けるとグループの一つが飛び立ち、しばらくすると次のグループが続けて、また次のグループが飛び立ち、まるで撮影をプロデュースしたような感覚でした。

出羽三山の羽黒山に着き、今回は車で本殿近くまで行くと雨上がり、杉の枯葉（枯れ枝）が広い境内にびっしり敷き詰めたようにあり、歴史も含めて撮りました。

茶店でひと休みしていると、近くにお勧め場所があると言うことでした。来る途中に赤い大鳥居の傍に案内板「玉川寺庭園」を教えてくれたので帰りに寄ってみました。

また雨風が強くなってきましたが、入園してみると想像以上に落ち着き、お茶室もある庭園みたいな作りでした。僕にはよく分かりませんが竹の門、板造りの門、真四角の障子に丸く抜いた窓、井戸、池のある中庭、池のふちには自然石の飛び石、部屋には赤い毛氈が敷いてあり、そこから庭を眺めると剪定された築山に雪吊りの松、程よい大きさ朱色の実がなり、紅葉の木も、表に出ると参道の横に竹林と小さな祠がありました。

前回夏、陸奥に来たとき民宿の女将さんに教えてもらって行った青森県の仏が浦を思い出して、地元の人が勧めてくれることは、素直に聞くべきだなとなかば反省もしました。

冬の日本海

もう一度、気を入れなおして冬の日本海へでると海は真っ暗、怒涛の海でした。風がドアを押して運転席から出られず、助手席から降りて車を風よけにして車の後方から見ると強風に押された波は岬を駆け上っていました。

前方のトンネル内は赤く、崖を超えて波の花やしぶきが道路を超えて時々吹き飛ばされるのを撮り終えて、撮影場所を移動すると、出島の先に夕日が沈む光景に出会い、岸辺には波の花がびっしり、岸壁や岩に波は砕け散り凄い光景になっていました。

翌朝は一息吐いて山に入って行くと残り柿に雪が乗り偶然電車が来てパチリ、谷間の木々は雪化粧、個性的な木もあり期待していた冬景色にウハウハでした。

山の中を抜けると雪は無く、どこかなと聞けば喜多方と言う、出会った人に名所はありますかと聞けば、ラーメンと造り酒蔵の返事が返ってきました。

造り酒蔵へ行くと「大和川酒蔵」の看板が目につきました。エッ、大阪と同じ大和川かなと、お店の案内人に聞くと、初代が奈良に住んで居て大和川が好きだったので名前を看板にしたと説明がありました。僕もテーマに「大和川慕情」の写真を撮り個展、写真集、映画「大和川慕情」を発表していたので親しみを感じました。

又、新潟の日本海へ行く道中田んぼに群れている白鳥と遭遇。地元の人になんでこんなに白鳥が群れて田んぼにいるのか聞くと、最近は鳥インフルエンザで餌漬けしないから白鳥達も自主的に餌とりするそうです。なるほどと納得しました。

やっぱり日本海は風が強く、道路沿いに滝があり海からの強風に滝の水は上に吹き飛ばされ滝上の木々も縮れ異様な枝ぶりでした。続けて進行方向見ると岬の先に「低気圧」らしき雲塊が荒狂う海で白熊みたいに海に頬ずり海水を吸い上げているような姿に見えて不気味でした。

そんな状況のなかを行くと閉鎖、もしくは休業したような海釣り公園があり大波に洗われていました。また道なりにしばらく日本海沿いを走ると、海側の道路下に昔は活躍したであろうが今では朽ちて捨て去られた感じの大きな舟屋と番屋を一緒にしたような建物が海岸線沿いにズラリと並んであり、圧巻でした。

続けて走ると漁港があり、真新しい倉庫（番屋？）が建ち並び、漁業の道具をまとめて置いてありました。今回の冬旅の締めくくりは荒海の日本海、じゅうぶん堪能しましたが少し疲れました。

次の日の朝一番、薄っすら雪のつもった糸魚川の海岸で海霧が上がるの見て立ち寄り撮影してから、何度か通り過ぎるだけの「親知らず子知らず」でしたが、今回はなぜか素直に引き寄せられて海沿いに立つ母子像、名前の由来と悲しい伝説を案内板で知りました。

そしてやっと思い込みの日本海を離れ、また山の方へ和紙の里「五箇山」行くとここそこに残雪があり、散策しながら撮影をして白川郷へ行きました。

荻町集落を見下ろす白川郷城山天守閣展望台へ行きましたが、年々観光客が増えて狭い展望台は行列ができおしくらまんじゅう状態、ああ人が少なかった昔が懐かしいです。

償い

昨夜、電話で話している時に、家内が明日朝新幹線で新横浜へ迎えに来ると言う、僕の声は疲れが溜まって元気がないから心配していると言うことで受け入れました。たしかに今回の冬旅は少しハード、新潟で冬の日本海を撮っている時が疲れはピークでした。

それはさてとして朝一番、御嶽山を目指して行くと、樹氷や冬枯れの雑草も凍り付き朝光で蒸発中でした。残念、旅館を出るのが遅すぎました。

途中の村で写真を撮っていたら地元のお爺さんが来たので、「おはようございます」と挨拶すると山へウサギ捕る仕掛けを見回っての帰りだと、お爺さん（九十歳）はまだ足腰も達者で聞けばマタギ、僕も中学卒業まで山口県で同じような事をしていたので話が弾み「またおいで」に思わずハイと頭を下げました。

高山から（三百六十一号）木曽へ御嶽山を眺め写真を撮りながら近づくと、御嶽山の山麓道路は所々ガリガリに凍結、野麦峠へ寄ってみたいなと思いましたがぐっと抑えて諦め、本線そのまま安全運転で走りました。

甲府あたりで道すがら、霞んだ日本画のような「富士山」が見えたので一枚パチリ、これから先は、カメラをバッグに入れて新横浜のホテルへ一直線あるのみでした。

十二月十二日朝、新横浜駅で待ち合わせあと二泊三日は、家内の要望したとおりの案内役です。

まずは、横浜の中華街（垢ぬけて立派）に行きました。次は山下公園から鎌倉大仏へ行き江の島（湘南海岸）から小田原で泊まり、あくる日は二宮尊徳神社、小田原城見学してから芦ノ湖から箱根駅伝ミュージアムへ行き、初めて知った（箱根—東京間）駅伝コース。

二泊目は山中湖のペンションで泊まり、翌日朝七時過ぎ出発、快晴、山中湖へ向け走り出して直ぐ突然、目の前に富士山、本当に間近で見て二人共に感動しました。山中湖では、朝日射す静かな湖畔と桟橋、魚釣りボートに防寒用のカバーが反射していました。

山中湖、河口湖、西湖、精進湖、本栖湖、富士五湖巡りをした後、帰り道の流れで白糸の滝に寄ってみました。十一時半頃に着くと白糸の滝には虹がかかっていました。

今回の冬旅は、陸奥、北海道、又陸奥と慣れない雪道を走りましたが無事に終わり大いに満足しました。

お礼旅

年明けて一月十七日から、蒜山高原から大山を撮影しながら奥出雲へ、日刀保の村下、木原明さんに挨拶して自然博物館で泊まり、宇田川和義館長と夜食（一杯飲みながら雑談）。

十八日は、出雲に出て朝鮮総連島根の梁在植団長にルーツ探しの報告と御礼、男の手作り昼食をご馳走になりました。

その後、出雲大社と摂社の命主社（樹齢千年椋木）にお礼参りして、大社近くの浜辺にあるホテルマリンタラに泊まり、十九日は温泉津、石見福光を撮影、昼過ぎにルーツ探しでお世話になった山形百合子さんに会って「会館うみねこ」でお茶しながら都ホテル「ふるさと会」の感想報告と野村栄吉さんを紹介して頂いた御礼を言って帰りました。

その日は米子のホテルに泊まり、二十日は岡山の三宅淑子さんと会い、愛生園とルーツの話等しながら昼食して別れ、中尾監一さんの新居を訪ねて久しぶりに競馬で飲み代を稼ぐつもりが相変わらず、二人とも馬にニンジンを買ってしまいました。

その後、日生まで一杯飲みに行きました。中尾監一さんは電車で帰り僕は日生の民宿に泊まり、翌二十一日は愛生園へ田村朋久（学芸員）さんと久し振りに会って雑談後、坂野さん、広瀬さんを訪ねましたが、二人とも高齢のため会うたびに体も少しずつ衰えているなあーと感じ、「又、元気で会いましょう」と励ましあって帰りました。

今回の目的は、近年知り合いお世話になった友人知人、お礼を込めての訪問旅でした。石見・出雲・岡山とお礼参りとルーツ探しの旅は、最後の最後に僕の生まれ故郷、岩見福光で知り合えた山形百合子さんと岩見福光に親の墓もあり昔住んで居て山形さんとは幼馴染「温泉津町ふるさと会」前会長、今は尼崎在住の野村栄吉さんでした。

野村栄吉さんとは、二十一日旅の最終日、岡山の帰りに伊丹のホテルで会い、十九日に山形百合子さんに会って来たことを話し、御礼を言って帰りました。

今まで僕のルーツ探し（幻の母ちゃん）の中で一番身近に感じたお二人でした。お二人に会えたことは本当にラストチャンス、気持ちが晴れ晴れとしました。と、同時に自分では、何があっても聞いても家族兄弟一緒に七十数年生きてきて何を今更と思う反面、気持ちはやはり微妙に揺れています。やっぱり、血がなせるわざでしょうか。ふと、父ちゃんの決めゼリフは今まで「悪いことは一回もしていない」が信条でしたが、ん……。

イモ釜

旅から帰って写真の整理をしている時ふと、生まれ故郷岩見福光で撮った「イモ釜」の看板が気を引きました。昔、山口県で住んでいた中学生の頃、小屋の床にイモ釜と同じようなもみ殻の穴倉があり、母ちゃんに持ってこいと言われ取りに行ったことを思い出しました。その時、イモは残り少なく、穴の中を手探りしても最後の種イモ四、五個ほどでその後はイモ釜を使うことはありませんでした。

父ちゃんは朝鮮から十五歳で日本に渡り飯場仕事で渡り歩き、山口県の陸の孤島みたいな所で小作を始めたのに「イモ釜」をなぜ知っていたのかなと。

「イモ釜」を思い出すとやはり気になります。やっぱり、父ちゃんは岩見福光に住んだ事があって、僕は石見福光で生まれたにちがいないと思うようになりました。

縁と絆

振り返って考えると、写真を始めてから二十五年になり、すべて、出会った人達と不思議な縁でつながり、次から次と新しい展開があり導かれて新しい絆も生まれ有難いなあと感謝しています。

後に生まれ故郷島根県岩見福光へのルーツ（母ちゃん探し）の旅は、桜井市大西を流れる大和川を挟んで、綱掛まつり（素戔嗚と稲田姫の舟入りの儀式）の神木（椋の木樹齢四百年？・）のそばに稲田姫が立って手招きしてくれたことから始まり、神木が切られ枯れ片付けられたので稲田姫探しの出雲詣でした。

マグマも消えて

僕の出生の謎探しをするうちに古事記、大蛇伝説、たたらに興味がわいて、島根県の古事記に関する神社や伝説場所を七十数ヶ所訪ね写真も撮りましたが、ある日突然、「二〇一八年八月三十一日以前」撮影した写真のデータ全てがパソコンから消えてしまいました。外付けのデータも一緒にすべてが消えて何かの暗示なのか今でも不思議でなりません。

その後、長年の夢「日本一周の旅」の間も、出雲地方へ通いながら、旅を続けました。

二〇一八年（平成三十年）十二月十四日日本一周の旅無事終了。

二〇一九年（平成三十一年）一月十九日ルーツ探し納得終了。

若い時から、胸の奥底で今にも爆発しそうな「マグマ」が日本一周、ルーツ探し、大蛇伝説、たたらと出雲詣の旅が終わり、今、自分史を書き終えると五十年以上付き合って来たあれほど激しく燃えたぎっていた「マグマ」は燃え尽きたのか知らぬ間に消えていました。

本当は

稲田姫は、僕を待って千三百年、もう一度稲田姫に必ず逢う。いつ逢えるのか？　今度逢って手招きされたら黙ってついて行く、それとも手に手をとって一緒に行く、さてこれから先の楽しみです。と、思った時ふと思い出したのは、初めて奥出雲の稲田姫神社を訪ねた時に素戔嗚像と稲田姫像があり記念写真を撮って帰りました。

家内に稲田姫像の写真を見せると、さりげなく開口一番「昔の私にそっくり」に、唖然としました。しかしまた「さもあらん」とも……

稲田姫神社の稲田姫像

追憶

旅の後半、新潟で冬の日本海、低気圧の日本海、暗い日本海に遭遇して、ふと、石見福光、温泉津を思いました。同じく幻の母ちゃんが僕と四歳（四歳で山口県へ転入）まで、温泉津、石見福光に居たのなら、同じような冬の日本海を見ていたのかなと。

繰り返し

今、振り返ると育美が四歳の時、父ちゃんが育美を連れて奈良県生駒市と大阪府東大阪市の県境にある生駒山（六四二ｍ）の、生駒山遊園地に二人だけで遊びに行ったことがありました。考えも想像もつかない珍しい初めで終わりの事でした。

僕が頼りない記憶を手繰り寄せると幼い頃、夜道を男の人に右手を引かれ何処に行ったか来たのか、腰のあたりと左手だけを見ながら歩いている姿を思い浮かぶことがあり……

神器

糸魚川の道の駅（親知らず子知らず）で知り合った人と一緒にヒスイを探した後に、また「会えるといいな」と言って、過去に糸魚川で拾って作ったヒスイの勾玉を二個くれました。約三十年前、友達にナイフを作らないかと誘われて、大きめのサバイバルナイフを作りお守りにしています。僕の三種の神器、残りは鏡、どんな縁で寄って来るのか楽しみです。もし三種の神器が揃ったら……考えるだけでも楽しく夢は奇想天外に……

旅のあらまし

僕なりの日本一周の旅を終わってみると、元々、計画性も無く目標はただ「日本一周の旅」に出る事だけでした。（中部、近畿地方は過去に写真撮影会や旅行で行っているので除外）北海道では、小樽から岬巡り後、聞き覚えのある地名を軸に訪ね道中央へ、夏至を挟み遅い春と初夏、そこでの道すがら興味をひく看板一枚にも誘われて寄り道、おかげで行く先々で偶然の出会いは新鮮で感動的でした。

しかし北海道全てナビでは高速道路優先に初めは気がつかず（道は広く直線的）居眠り運

転や知らぬ間にスピードアップ、カーナビの所要時間半分で到達、高速道路はやめて一般道を走ると迷い込んだ田舎の夜道では細く曲がりくねりライトの先に道が見えないことも又、戻るに戻れない通行止めにも出くわし（強行突破）た時もありましたが、まあ色々と体験もしました。

北海道から青森へ、渡ってビックリしたのは多湿感、青森に着いた途端に汗は吹き出しコインランドリーをナビで探し、三十キロ以上走ったことがありました。

陸奥は関東地方まで、日本海から太平洋側をジグザグに走り回り富士山を見て帰りました。一度大阪に帰り、次は、四国、九州、山陰地方を巡って、その後八重山諸島（写友達と）へも行き、旅の合間には以前より通っていた島根県へのルーツ探しも兼ねました。

後日又、どうしても北海道、陸奥の雪景色が見たくなり冬至前の残り紅葉と雪景色を期待して十一月中頃に岐阜から日本海を北上、でも雪はなく、北海道へ渡り雪を求め天気予報を信じては期待外れ、地元の話では毎年雪は遅くなっていると聞き、大雪山方面へと走りました。

遅い冬でも少しずつ雪景色に代わり、写欲も湧き撮りまくり、一応納得して青森に渡りました。

今回は太平洋側から恐山に行きそして日本海へ、鳥海山、出羽三山、喜多方方面をジグザクに走り、新潟ではやっと冬の日本海（暗い荒海）に遭遇してどっと疲れ、太平洋側へ横浜、江の島、箱根、富士五胡巡り、白糸の滝から富士山を眺めて帰りました。

二度目の北海道、陸奥では前回と比べて季節は真逆で、対照的な風景に出会いました。

しかし北海道や陸奥の雪景色を撮るには、今回ぐらいの雪景色が案外良かったかなとも、道中一時的なドカ雪の時に感じたことは、ドカ雪道は経験がなく走り馴れない、でも気に入った景色に出会えば必ず撮りたい衝動に掻き立てられる。脇道にも入れず一旦停止、駐車も出来ない。無理な撮影をすれば危険が付きまとったかなとも思いました。

時間も無駄走りもありましたが、後悔したくないのでいったん通り過ぎても気になると戻り一枚でも撮り残して悔いの残らないよう、常に気持ちは前に前にと「未知との遭遇」を楽しみ感動続きの旅をして、本当に思い残すことなく僕の日本一周の旅は終わりました。

しかし旅が終わって印象に残ったのは、岡山県長島愛生園、東日本大震災跡、鹿児島県知覧特攻平和会館、広島県原爆ドームは人災、天災、戦争の傷跡には言葉は出ない只「無無しく」心の奥底にしずまりました。

終わりに（感謝を込めて）

二〇一八年六月～十二月、旅道中の全て一瞬の出会いの中で御好意、御厚情に甘え、挨拶を交わしただけでも思い出すとほっこり嬉しくなり、旅の写真と共に僕の宝物です。

家族や友人達にもアドバイスを貰い励まされ見守り頂いた九ヶ月間、相棒ノア２０００CC・四輪駆動二万七千キロを走り、（頼もしい相棒に身代わり軽傷七ヶ所）に助けられ、無事に旅を終えたことを本当に有難く深く感謝しております。

高橋弘先生

二〇一九年（令和元年）九月四日、八尾市写真協会会長高橋弘先生が急逝されました。享年八十八歳でした。

一九九四年九月に八尾市生涯学習センター写真講座が始まり、入会して先生と初めて出会い写真の楽しさ面白さを知りいつの間にか二十五年が過ぎていました。

高橋弘先生は写真の批評も表現は全てストレート、きついなーと思うこともありましたがわがままな僕を陰日向なくずーっと優しく見守って頂き、節目節目にアドバイス頂きおかげさまで一期生として誇りを持って今日まで励んでこられたように思います。

本当に長い間ありがとうございました。感謝あるのみです。合掌。

現在、自分史完成（十一月十一日予定）目前です。先生にもう少し長生きして僕の自分史を読んで頂き、感想を聞きながら一杯飲めたら良かったのに、と思うと本当に残念です。

まぼろし

思い起こせば、山口県宇部市小野区鍛冶屋河内（廃村）から中学を卒業して大阪へ就職、世間知らずのまま三年が過ぎやっと都会生活？も少しは慣れて、ひとりで行動ができるようになりました。

そして二十歳前、初めての彼女とデートコースが森之宮公園と大阪城、デートを重ねるたびに段々と大阪城が好きになり出てきた言葉が「大阪城に表札を掛ける」でした。

さて夢か現か幻か、はたまた空想か、青春時代から忘れては消え消えては浮かび、また時々思い出し僕の内では純で消えな

表札は正門の右か左か それが問題だ

い「まぼろし」です。

四十八歳で写真に出会い今まで気ままに大阪を撮りためた写真を整理して、またこれからも大阪の写真を撮り僕の「今昔・大阪私景」をテーマに個展が出来たらいいなーと思っています。

日本書紀に神武天皇の崩御は百二十七歳（古事記では百三十七歳）とあり、僕の人生まだまだ五十年以上は気楽に遊べるなと思っていたら、一度は消えたと思っていたはずのマグマがまたくすぶり始めました。

生きることにたいする誠実な一冊

倉橋健一

金勝男さんは現在五冊の写真集をもっているが、そのうち大和の奥吉野への玄関口にある下市町を撮った大和「下市里山物語」は、雪に包まれた冬の風景からはじまり、秋で閉じられる。眺めていると、なにいうともなく、近代ロシア音楽のひとりであるグラズノフのバレー組曲「四季」の旋律が頭をよぎった。と、いって、私が音楽通だからではない。ここでは四季が冬にはじまり、霜、氷、霰、雪の四つの変奏曲から成っているからだ。どうやら秋が収穫期であるところからうしろにまわっているらしいが、たまたま金さんのこの写真集も冬からはじまっている。今度、この原稿のゲラ刷りを読んでいて、金さんのこの写真集も冬場にはじまっていることが、金さん自身、意識したしないにかかわりなく、まったくの偶然ではないことに思いが走った。

この自分史は、目次のうえでは「舫う―昔日は懐かしく今では良き思い出に」と「ルーツ探しと日本一周の旅」の、大きく二つに分けられているが、読みすすめていけばわかるとおり、前者は、父が電力ダム工事現場に飯場をこしらえて入り込んでからそのまま住みついた、山口県秋芳台が源流の小野湖というダム湖畔での農生活の少年期から、義務教育を終えて単身大阪に就職してから塗装工として働き結婚、その後、独立して屑鉄業「金沢商会」を立ちあげて、家を買い、長男として一家をまとめるまでの、大きく二つに分けられる。そして、後者は、一九九四年(平成六年)四十八歳になって、八尾市生涯学習センターの写真講座を受講したことからはじまる写真の日々と、後段212ページになってさり気なく「僕の戸籍探し」と章のたてられた、いったい自分はどこで誰に生んでもらったかという、出生をめぐる謎解きの物語に分けられる。つまり一本の川にもいくつもの支流があるように、金さんの人生にも、どん底生活からの脱出を幹線にした、複雑な道筋があったということだ。

それを誘い出す根源になるものが在日二世の宿命で、ともあれ、コツコツと書き溜めた金さんの文章を今度ひとまとめに精読して、圧倒的なまでに引き込まれたのは、文字どおり地べたを這うような底辺の世界にあえぎながら、ひと言も愚痴ることなくひるむことなく、ひたすら前向きに、未踏のジャングルをかきわけるように歩みつづける姿であった。面白いのは、そこを金さんはいささかも気取ることなく、親たちを呼ぶのにも「父ちゃん」「母ちゃん」と呼んで、それを最後まで変えないことである。読んでもらえればわかることだが、冒頭「小野湖」ではこうはじまる。

「僕の父ちゃん（金甲用）は、一九一四年（大正三年）朝鮮の慶尚南道南海郡に生まれ、十五歳の時に叔父さんに連れられて日本に渡り、仕事を探しながら各地を回る飯場暮らし、急に環境も変わり文字も言葉も知らない土地で寂しい青春期を過ごしたそうです。

二十二歳の時、日本の飯場で知り合った崔さんから従妹の話を聞いて、慶尚南道東莱郡（一九二〇年）生まれの十六歳だった母ちゃん（崔今順）と朝鮮で見合い、一年後に朝鮮で結婚して（一九三七年）日本へ戻り、神戸市長田区で住み始めたそうです。

やがて二人の男の子を続けて授かりましたが、二人とも幼くして亡くし悲しむ間も無かったようです。

一九四二年（昭和十七年）神戸市長田区で富子（長女）が生まれ、一九四六年（昭和二十一年）島根県石見福光で僕が生まれたそうです。」

素朴そのものの書き方で、自分の生まれる前のことだから、……そうです、としかいいようがないのもわかるが、実はこの文、最後の「僕が生まれたそうです」で、「そうです」が特別に意味をもっていたことがあとからわかる。先にふれた「僕の戸籍探し」である。「疑えば父ちゃんも長男、日本に渡り早く跡継ぎが欲しかったので僕を養子にしたのか？　それとも母親が別に居るのか？」とあり、結局この問いかけはあいまいなままで閉じられることになる。そこには、日本統治下の植民地であった時代の韓国人の困難が、金さん一家をも被っていたことを彷彿させるが、それはそのまま、彼の長男としての、一家を支えるための生活の苦闘の伏線ともなるものだった。

たとえば「危ない経験」では、仕事にあわせて、問屋から大型トラックや4tユニック車を借りて、随意にアルバイトを雇い、同業者と組むようすが描かれる。ある冬の朝、月ヶ瀬の湖畔道路でS字カーブを曲がった、凍結スリップ、大型ダンプと衝突、運転席がくの字に凹み窓ガラスはぐちゃぐちゃに割れ、と九死に一生の経験を語る。実入りをよくするための積載量違反、スピード違反の結果だったかも知れない。二時間近く気を失ったが体には傷ひとつなかったと書いているが、それが生活実質だったろうからである。

二〇〇一年（平成十三年）、かねてから撮っていた奈良・平群町をテーマの写真が、「富士フィルムフォトサロン大阪」の審査に合格したことから、金さんの人生には、カメラがなくてはならない彩りを添えることになった。そこで、ここでは不思議な出会いが語られる。ちょっとした霊的体験（心象風景）だが、ここは読まれる人の耳目をあつめておきたい。

三年たって夏至の頃、大和川の朝焼けを撮るために車を走らせていて、その朝も見慣れた椋の古木の傍を通りかかると、今までに見たこともない、真っ白な古代衣装姿の女性に手招きされたという経験である。この地の市杵神社の神事が、椋の古木に女綱を掛け、素戔嗚と稲田姫の結婚を祝う儀式であったことから、いつからかこの稲田姫に手招かれたと思うようになる。以来、金さんは、フォークロア的関心と写真をセットにするようになり、それが映画『大和川慕情』制作や『加奈子のこと』制作や、平群町との独特な交流を深めることになるが、在日二世の金さんによる日本伝統文化とのこの深い結びつきもまた、この自分史の大きな特色となっている。彼のカメラアイにはいつも、日本風土への愛惜とからまった深みのある抒情がある。どこかかけがえのないものを見つめる眼差しがある。

と、いろいろ書いてきたが、最後にもうひと言、私自身はもう三十年以上に亘ってたくさんの自分史にめぐりあってきたが、これほど徹底した、記憶の細部に表現をゆきとどかせた自分史というのは、まだなかった。ルーツを大切に子孫のために思いいたったとあるが、その根っこは父の生きざまを見るところからはじまり、最後まで「父ちゃん」でとおしながら書き継いだ根気の内にある。出会った人たちもたくさん実名のままで出てくる。子孫のためだけでなく、あえて、心ある多くの皆さんの目にふれることを期待したい。題名の「舫う」は本来は船と船とをつなぎ合わせるの意。転じて、寄り合って共同で事をする意味にもつかわれるようになった。金さんの思いが伝わってくる。自分史をこえて、生きることにたいする誠実な一冊といってよいと思う。

二〇一九年　霜月（ブリュメール）

あとがき

日本一周とルーツの旅も終わり自分史を書いている時に、ふと思い出した風景がなぜかズーンと心に重くのしかかりました。それは四国旅への初日、淡路島に着いて写真を撮りながら一般道を走り、淡路島の最南端鳴門大橋の下まで来た時でした。土砂降りの鳴門大橋は雨にけむり、海岸にある小さな桟橋には小舟が三艘つながれていました。

昔、世間でよく聞いた話「お前は橋の下で拾った子」だと、鳴門大橋を見上げながら撮った写真を思い出し自分史の題名を「舫う」に決めました。

そして、中卒で大阪に就職し独立後も世間の方々からの協力や後押しを頂き、四十八歳で写真を習い始めてから出会った人達、幼少の頃より長年の間に知り合った友人知人と付き合い、全ての縁と絆が一本のロープで繋がるように自然とできて、これからも僕が元気なあいだは伸びて行くと思います。

今、過去を振り返りロープの根元をたどると最初はどこに舫われていたのかなと、韓国にある父ちゃんの故郷、僕の生まれ故郷島根県石見福光、それとも温泉津なのか、物心ついてからの山口県宇部市小野区字鍛冶屋河内（廃村）にも思い巡らしています。

もし「舫う」がほどけていたら僕という小舟は、流れ流れてどこの岸辺に着いたのかなとも思いました。

今回、自分史を書き始めてからも何度かためらい、やめることも考えました。しかし今は亡き父ちゃんがひとり十五歳のとき朝鮮から日本に渡って来て九十年が過ぎ、家族は四十五人に増え、これからも日本に永住すると思いますが、年長者としての責任、父ちゃんが事ある毎に言っていた「ルーツ」を大切に、子孫の為にも自分史を残すことにしました。

生前、父ちゃんの生き様を見ると我が身の立場もあまり気にせず、困った人を見過ごせずの行動もあり、島根県の石見福光に一人住まい（終戦前）の時は、隣町の温泉津温泉に通っていたようにも思われます。僕の生年月日は一九四六年（昭和二十一年）二月八日（旧暦）三月十一日（新暦）石見福光生れとあります。

この度、「舫う」自分史を発行することにあたり、「澪標」図書出版には無理を承知で何度も文章の追加、入れ替え、校正をお願いし、倉橋健一先生にも相談しながらアドバイスを頂き有難く感謝しております。また、いつも応援してもらいお世話になった先輩の方々や友人家族にも、この場を借りて感謝の気持を伝えたいと思います。ありがとうございました。

二〇一九年十月三十日

金　勝男

金　勝男　プロフィール

1946年2月8日　島根県太田市（石見福光）に生まれる
1994年9月　八尾市生涯学習センター　写真講座入会
2001年6月13日　「業平ロマンと花の里」（奈良県生駒郡平群町）　写真集発行
2001年8月3日～9日　「業平ロマンと花の里」富士フイルムフォトサロン大阪　個展
2001年9月20日～26日　「業平ロマンと花の里」奈良県生駒郡平群町道の駅　個展
2005年6月13日　「大和川慕情」　写真集発行
2005年7月15日～21日　「大和川慕情」富士フイルムフォトサロン大阪　個展
2006年　映画「あかりの里」制作委員会参加　完成
2008年　大和川市民ネットワーク　入会
2009年9月　映画「大和川慕情」　プロデューサー（東京・大阪・奈良上映）
2009年9月～12月　「ふりかえれば大和川」柏原市立歴史資料館　個展
2012年4月～2015年3月　平群町公民館教室　探訪「平群町写真講座」　講師
2012年9月　映画「加奈子のこと」　プロデューサー　（大阪・奈良上映）
2012年12月　フォト「つぶやき」　写真集発行
2013年3月7日～13日　フォト「つぶやき」富士フォトギャラリー大阪　個展
2013年3月22日～28日　フォト「つぶやき・大和川慕情」富士フォトギャラリー新宿　個展
2013年4月～2018年3月　フォトクラブ「くまがし」講師
2013年9月7日　「与謝野晶子歌碑」大和川・浅香山緑道に建立　参加
2014年　奈良県生駒郡平群町パンフレット・ホームページ　写真協力　（アド近鉄）
2014年9月1日～10月30日　奈良県大芸術祭参加　フォト「つぶやき」　ネイチャー編
2015年　奈良県吉野郡下市町パンフレット　写真協力　（アド近鉄）
2016年8月25日～29日　大和「下市里山物語」奈良県吉野郡下市観光文化センター　個展
2016年9月7日～11日　大和「下市里山物語」入江泰吉記念奈良市写真美術館
（一般展示室）　個展
2016年10月10日～16日　「時は過ぎゆく」（国立ハンセン病療養所 長島愛生園）
岡山県岡山市　山陽新聞本社さん太ギャラリー　個展
2016年11月27日　八尾市文化功労賞受賞（八尾市写真協会）
2017年5月15日　大和「下市里山物語」写真集発行
2017年5月15日　「時は過ぎゆく」（国立ハンセン病療養所・長島愛生園）写真集発行
2018年3月　人生リセット　フォトクラブ「くまがし」講師辞退・JPA・JNP退会・その他
2018年6月3日　日本一周の旅　2018年6月3日～7月15日　北海道・陸奥・関東
2018年9月8日～9月28日　四国・九州・山陰地方
2018年10月28日～30日　八重山諸島
2018年11月8日～12月～14日　北陸・北海道・陸奥・関東
2015年9月7日～2019年1月17日　ルーツ探し・島根県（石見福光）・大蛇伝説・たたら
2019年（令和元年）11月11日　『紡う』（自分史・ルーツ探し・日本一周の旅）発行

〒581-0822　八尾市高砂町2丁目14番6号
TEL・FAX　072-922-9822・携帯090-1586-8151
金　勝男

舫う——在日二世を生きて

二〇一九年十一月十一日発行

著　者　金　勝男
発行者　松村信人
発行所　澪　標（みおつくし）
大阪市中央区内平野町二 - 三 - 十一 - 二〇二
TEL　〇六 - 六九四四 - 〇八六九
FAX　〇六 - 六九四四 - 〇六〇〇
振替　〇〇九七〇 - 三 - 七二五〇六
印刷製本　亜細亜印刷株式会社
DTP　山響堂 pro.